방어산 홑잎나물

허 말 임 수필집

방어산 홑잎나물

문학산책사

책을 내며

야트막한 산 아래 이십여 호가 옹기종기 모인 그림 같은 고향마을이 있었다. 그 앞으로 실개천이 흐르고 구름도 쉬었다 가는 평화롭고 인정 넘치는 곳이었다. 그러한 풍경과 정서가 글쓰기의 시작이었다. 다섯 살 무렵부터 떠오르는 기억은 지워지지 않고 내내 이어져 왔다. 나이가 들며 꿈과 현실 사이를 드나들던 아픔은 그리움이 되어 세월과 화해한 자리에 나를 일으켜 세웠다. 고향마을은 오래전 고속도로에 묻혀 버렸지만 기억 속의 고향집은 아직도 그대로 남아있다.

2006년 「달팽이집 같은 업을 지고」라는 첫 에세이집을 펴내고 15년이 흘렀다. 시를 쓰며 수필을 쓰기도 했다. 그렇게 쓴 작품을 모아보니 또 한 권 분량이 되었다. 책을 묶는다는 것은 오롯이 나를 세상에 내어놓는 일인데, 한편으론 걱정도 된다. 글의 완성도는 이루어졌는지 부끄러움이 앞서 스스로 반문하지만 내 삶의 한 부문을 정리한 흔적이기에 묶을 수밖에 없다고 답을 내놓는다.

총 4부로 글을 나누었다. 끝에 들어간 4부는 살면서 만나고 헤어졌던 인연들을 떠올리며 쓴 내 마음의 글이다. 문학의 길도 삶의 길도 혼자 서는 걸을 수 없듯이 앞에서 이끌어 주고, 뒤에서 지켜봐 주신 분들이 있어 여기까지 걸어올 수 있었다. 끝까지 서로 격려하고 아껴주는 문학 이후 여러분에게 고마운 마음 한 자락을 진하게 남긴다.

2022년 3월에

허 말 임

허·말·임·수·필·집　**방어산 홑잎나물**

차례

책을 내며

▎부 슬픔의 깊이

2부 덧나지 않는 추억

3부 무늬를 넣은 그림

4부 인연의 나무

1부 슬픔의 깊이

방어산 홑잎나물

벚꽃 만발하고 나무들이 새순 내미는 사월이면 산에 오른다. 내가 점찍어 놓은 나무 몇 그루가 있는 작은 군락지를 만나러 가기 위해서다. 그 나무들이 새순을 내밀 때 가만히 보면 화살촉 같아서 마치 내 심장을 겨냥하고 있는 것 같다. 이런 새싹 돋아나는 봄날은 나를 옛이야기 속으로 슬며시 데려다 놓는다.

고향의 방어산은 봄이 오면 마을 아지매들이 산나물을 뜯으러 다닌 곳이다. 산이 깊고 높아 그랬는지 두세 명씩 함께 다니며 취나물과 고사리를 꺾고 두릅과 홑잎도 따왔다. 어린 순이 세어지기 전에 뜯어야 했기에 이른 아침, 주먹밥을 준비해 산에 올랐다.

해발 530미터의 방어산은 서민들의 애환이 서려 있기도 하지만 역사적으로도 의미가 깊은 곳이다. 이름 그대로 왜구를 무찌르고 방어했다는 산이다. 기록에 의하면 고려 우왕 5년 5월에, 왜구가 반성을 거쳐 이 산에 올라 목책을 세우고 진을 쳤다. 이때 상원수, 우인열은 박경수, 오언과 더불어 왜구를 포위하고 공격하여 산을 탈환하고 방어했다는 것이다.

고향의 자존심으로 묵묵히 버티고 있는 산은 기암괴석이 병풍처럼 둘러싸여 절경을 이루고, 우거진 숲은 여러 가지 식물들과 야생동물들이 어울려 서식하고 있다. 요즘은 등산로도 만들어져 많은 사람이 찾고 있지만, 그때는 엄마를 따라나서는 일은 엄두도 나지 않았다.

그런 날이면 해 종일 기다리다 저녁 무렵 엄마가 뜯어온 나물 보따리를 풀어보는 것이 고작이었다. 종일 뜯어온 나물 보따리를 대청마루에 풀어놓으면 차곡차곡 겹쳐 있던 나물에 온기가 남아있어 나는 가만가만 만져보곤 했다. 누렇게 뜨지 않도록 종류별로 손질하는 것으로 엄마의 하루는 끝이 났다.

여러 종류의 나물들이 있었지만 그중 나는 홑잎나물이 가장 기억에 남는다. 그것은 엄마의 젊은 시절 같은 연두색이 배어있어 정감이 가기 때문이다.

1년 내내 먹을 수는 없지만 어릴 적 봄날에는 그 나물을 먹고 자랐다. 지금은 봄에 잠깐 내가 부지런 떨어야 한 번쯤 맛을 볼 수 있다. 뜯어온 잎을 살짝 데쳐 가벼운 양념으로 무치면 연두색이 더 살아난다. 아삭하게 씹히는 맛은 보리밥과 된장에 비벼 먹으면 감칠맛을 느끼기보다 깔끔한 맛이다.

줄기마다 붙어있는 날개가 화살 모양을 닮아 화살나무라는 이름도 붙여졌다고 한다. 잎을 사람에게 내어준 나무는 항암효과에도 뛰어나, 잘게 잘라 말려서 차처럼 달여 마시면 좋다는 말을 들었다. 그러다 보니 요즘은 약재로서 사람들에게 수난을 당한다고도 하는데 나는 그러한 효능보다 어린 날 나물에 대한 기억이 더 소중해서 애착이 간다.

옛말에 여염집 안주인이 봄에 나는 홑잎을 세 번만 뜯어서 먹으면 부지런한 며느리라고 칭찬받았다 한다. 먹을 것이 많지 않던 시절에 맛도 좋고 영양도 좋은 나물이지만, 그 당시 여인들은 나물을 뜯는다는 이유로 밖에 나와 힘든 시집살이에서 하루쯤 해방된 날이라고도 여겨진다.

나도 세 번의 기회 중에 한 번이라도 놓칠까 봐 점 찍어놓은 산에 올랐다. 다른 사람 손길이 먼저 지나간 후다. 젊은 사람들은 홑잎이 뭔지 모르고 지나쳤을 것 같고, 예전에 나물을 먹어본 나이 지긋한 이의 마음 자락이 지나갔을 것이다. 화살나무는 잎과 비슷한 색깔의 꽃을 5월과 6월 사이에 피운다. 그리고 가을날 붉은빛의 단풍은 사람들 마음마저 물들여 놓고 낙엽으로 돌아간다.

그러나 내 마음은 나무처럼 되지 않았다. 상대방에게 좋지 않았던 감정이 남아있으면 그 응어리는 뿔처럼 촉을 세웠다. 언제라도 쏠 것 같이 겨누며 내려놓을 줄 몰랐던 자존심이었다. 이제는 제풀에 꺾여 버린 세월 앞에 남아있는 고집마저도 똑똑

따낸다. 그리고 추억에 젖었던 새순을 따서 한 움큼 손에 쥐어 보는데 마치 엄마가 뜯어온 방어산 홑잎나물 같은 온기가 느껴진다.

연두색 그리움으로 마구 손짓하는 고향의 방어산 나물들은 잘 자라고 있을까. 기회가 되면 정상에도 올라보고 싶다. 그러면 먼 곳에 계시는 엄마가 나와 동행해 주실까. 그때 아지매들도 젊은 모습으로 살아나와 같이 산길을 오른다면 얼마나 좋을까. 도란도란 얘기 나누며 다정했던 그 이름들을 맘껏 부르고 싶은 봄날이다.

광려천에서 망중한

　매미가 울어대는 한낮이다. 어릴 적에는 '매앰 매앰 쌔울 쌔
울'로 들리더니, 지금은 '매일 매일 세월 세월' 간다는 소리로
들린다. 세월의 힘은 때로 폭풍처럼 다가와 눈도 귀도 마음도
나이 먹게 하며 갈 수 없는 시절로 안내하기도 한다.

　며칠 전에는 잘못 날아든 매미 한 마리가 베란다 방충망에
위태롭게 매달려 있다가 세월 간다고 소리치며 귀가 윙- 하도
록 울고 가더니, 그저께는 주방 쪽 방충망에서 또 울고 갔다.

　도시에 살면서 잊고 있던 기억을 방송에서 대신 깨워주기도
한다. 시골 냇가에서 피라미를 잡아 매운탕 끓여 먹는 장면을
보면, 내 고향 같은 생각에 그곳으로 가고 싶어진다.

　그런 생각이 간절할 때 갑자기 일이 생겨 마산에 내려가게
되었다. 먼저 동생네에 들렀더니 이웃과 소주잔 기울일 일이 있

다고 한다. 다녀오라 했더니 나를 보고 싶어 한다는 사람이 있다기에 따라나섰다.

맑은 물이 흐르는 냇가에는 먼저 온 사람들이 자리를 펴고 있다. 텃밭에 심어 가꾼 상추와 깻잎 고추 등, 물론 장어까지 준비해온 음식이 푸짐하다.

장어가 구워지는 사이 나는 바지를 걷어 올리고 물속으로 들어갔다. 어릴 적 고향 냇가처럼 꼼지락거리는 다슬기와 어린 치어들도 손으로 잡아보았다가는 그것들이 놀랄까 봐 다시 살며시 놓아준다.

맨발로 따끈한 자갈밭도 걸어보는데 저만치 개울물에 발 담그고 망중한을 즐기는 외국인도 있다. 그들은 고국 떠나온 외로움을 잠시 잊고 있는 것 같다. 서로 언어는 달라도 손짓으로 건네는 소주잔을 허물없이 받는다.

장마가 언제 지나갔느냐는 듯 평온하고 물살이 얕아 아이들 놀기에는 제격이다. 물놀이에 여념이 없는 아이들이나 주거지가 가까워 휴가를 즐기는 사람들이 여유로워 보인다. 먼 곳까지 고생하며 운전할 필요도 없이 음식 몇 가지 들고나와 자리 펴면 그곳이 곧 피서지가 되는 곳이다.

발 담그는 여유는 시골과 도시의 정서를 동시에 누릴 수 있다. 그런 부러움 속에서 장어가 노릇하게 구워지고 깻잎과 상추에 싸서 주고받는 그들은 동생네와 형제처럼 지내고 있다. 특별 손님이라며 내 손에 건네주는 정까지 덤으로 받는다.

잠깐이지만 그들과의 인연은 책에서 비롯되었다. 첫 시집과 에세이집을 내고 동생에게 보냈는데 이웃들이 같이 읽었다는 것이다. 그들은 결혼 후 아이들 키우느라 책 읽는 것도 서점가는 일도 자연스레 멀어졌는데 이렇게 책을 쓴 저자를 만난다는 것이 반갑다고 한다.

늦은 점심과 저녁을 겸한 자리에 첫 만남인데도 내 형제처럼 편안했다. 그것은 내가 안양에 살면서 잊고 지낸 정겨운 고향 사투리를 그들이 대신해주었기 때문이다.

"먼 길에 오신다고 수고했지예. 반갑심니더. 이런 영광이 어데 있슴니꺼."

그런 일이 있고 나서 오랜 시간이 지났건만 그들이 잊히지 않는다. 많이 먹으라며 인심 좋게 권하던 그들의 인정에 아직도 배가 부르다. 광려산에서 흘러온 물소리가 한낮 매미 소리에 얹혀 요란스레 귀를 울린다.

걱정도 욕심

온 국민이 의무처럼 해야 하는 일이 다가왔다. 마스크를 벗고 생활하는 소소한 일상을 소망하며 코로나 백신 접종 예약을 하고 기다리는 시간이 길었다. 열흘 먼저 1차 접종을 마친 남편의 상태를 지켜보며 안도의 마음과 조바심이 교차했다.

한평생 살아와도 부엌살림이나 빨래 등, 집안일은 남의 일처럼 하지 않은 남편이다. 일터로 나가기 전후로 쉬면서 꾀병 같은 응석을 받아주느라 혹 올라오는 감정도 '백신 때문이다.'며 삭였다. 한편으로는 해열제 몇 번 먹고 넘어가니 안도의 숨을 쉴 수 있었다.

예약한 날 혼자 병원에 가도 된다고 큰소리쳐놓고도 마음이 불안했다. 남편은 일터로 가고 가까이 사는 딸이 보호자가 되어 따라나섰다. 그동안 병원에 갈 일이나 치료받았던 일들, 허리가 아파 시술할 때조차 혼자서 해결했다. 보호자가 필요시만 가족의 도움을 받았고 두려움 같은 것은 없었다. 이젠 그런 과정마저 흐릿해져 간다.

접종 전날까지 미리 유서 쓰는 것처럼 자꾸만 정리하는 시간을 가졌다. 시장을 봐 와서 냉장고를 채우고 며칠 동안 먹을 국도 끓여 냉동칸에 얼려 놓기도 했다. 빨래도 깨끗이 세탁해서 널어놓고 집을 나섰다.

예약 시간보다 일찍 도착하니 벌써 와 있는 분도 있다. 차례가 되어 의사 선생님의 내진 후 접종이 되었다. 그리고 30분 정도 상태를 살피는 간호사 선생님의 지시 따라 의자에 앉았다. 거리 두기로 앉아있는 동기 같은 사람들과 마주 보는 서먹한 시간이 짧고도 길었다. 모두가 별일 없이 지나가길 기원하는 마음이었을 것이다.

스쳐 가는 걱정이 나 혼자만의 욕심일까. 그 순간에도 미혼인 아들 걱정이, 집 안에 있는 것도 차려 먹지 못하는 남편 걱정, 귀여운 손주의 얼굴이 떠오르고 딸과 사위 얼굴이 스쳐 갔다. 손주는 아직 더 보고 싶은데 끝없는 상념이 이어진다.

그리고 걸어온 내 인생 문학의 길, 두 곳의 장르는 다르지만 응모한 결과는 어떻게 될지 기다려지기도 했다. 음악회도 발표할 때 참석하고 싶은데 혹시 아프면 어쩌나, 먼 이별을 딱 해 버리면 좋은데 병상에 오래 있게 되면 누가 나를 간호해 줄까. 순간순간 지나가는 걱정과 욕심이 내 삶의 무게로 짓누르고 있었다.

　시계를 보니 손주 유치원 끝나는 시간이 다가온다. 엄마 걱정으로 돌아보는 딸을 안심시켜 먼저 보내고 휴대폰에 손이 간다. 잠시 후 간호사 선생님이 건네준 안내장을 받아 병원을 나서는데 옆에 있던 분의 전화도 벨이 울린다.

　걱정과 불안에서 벗어나 집으로 오는 길이 새롭다. 어제와 다른 것이 없는데 아니 조금 전에 걸어왔던 길인데 말이다. 내가 가지고 있는 가족의 걱정도 욕심일 것이다. 발끝까지 백신이 퍼져 가는 기분이 술 한 잔 마신 후에 오는 느낌이다. 사람마다 다르게 나타나는 후유증, 모두가 큰 아픔 없이 가볍게 넘어가서 소소한 일상으로 돌아가길 바라는 하루다.

외가 가는 길

방어산 아래 터 잡은 숲 안 마을은 내 고향이다. 실개천이 흐르고 너른 들녘의 벼논은 평화로움을 주었다. 여름이면 냇가 물속은 물고기들과 우리들의 놀이터였다. 집들이 옹기종기 모여 있는 뒷산 대숲에 서걱서걱 바람이 불면 따스한 호롱불 빛이 밤을 밝혀도 외로웠던 유년이다.

깔끔하고 부지런한 친할머니는 포근하게 안겨본 기억이 없다. 농사일에 바쁜 엄마 대신 할머니가 따뜻한 사랑으로 채워주는 것으로 생각했던 나였다. 남아선호사상이 있던 시절이라 명절 때 사촌 남동생들이 집에 놀러 오면 할머니의 사랑을 다 받는 것 같아 서운한 마음을 가진 적도 있었다.

그 시절에는 할머니와 사는 집이 많았고 어떤 친구는 할머니와 있었던 이야기를 할 때면 신이 났다. 알사탕을 받고 할머니

품에서 잠들었다는 자랑은 동화 속 이야기처럼 들렸다. 할머니라는 이름은 얼마나 정겨운가. 친할머니는 어려워 내가 다가가지 못한 포근한 사랑을 외할머니께 받고 싶었다. 그러나 외할머니의 얼굴도 본 적이 없다.

엄마가 막내여서 그런지 외할아버지와 외할머니는 내가 태어나기 전에 먼 세상으로 가셨다고 했다. 엄마 따라 외가에 가면 외숙모가 반겨도 서먹하기만 했다. 그래서 집안에 애경사나 제사 때면 외가에 가는 엄마가 행복해 보여도 선뜻 따라나서지 않았다.

외가 가는 길은 고개를 넘어야 갈 수 있었다. 밤에는 무서워 남자들도 밤길을 꺼린다는 '대추고개'다. 주변에 대추나무가 많아서 지어진 이름이라고 한다. 고개를 넘기 전에 두어 집이 있었고 돌길을 넘어가면 소나무 숲길을 한참 가야 마을이 나타났다. 그 길에 대한 무서움은 외가를 더 멀리하게 했다.

세월이 흘러 나도 어느새 할머니가 되었다. 세상이 변해서 딸네와 사는 집이 많아지고 가까이 사는 집이 늘어났다. '사위가 백년손님'이란 말은 옛말이 되어간다. 우리 딸네도 예외가 아니어서 아파트 같은 단지에 산다. 손주를 한동안 키워주고 제집으로 보냈는데도 온 식구가 내 집처럼 드나든다.

손주는 다섯 살이 되었다. 말귀도 알아듣고 표현도 잘하고 대화도 이루어진다. 엄마 아빠에게 떼쓰다가 뜻대로 안 되면 외할머니를 찾는다고 한다. 부모와 할머니의 교육 방법이 다르다 보니 의견 충돌이 가끔 일어나기도 한다. 때로는 쉬고 싶은데 남편은 내 생각은 않고 손주를 기다린다. 손주가 오면 적막했던 거실에 온기가 돌고 식사 준비로 바쁜 것은 종종걸음치는 일뿐이다.

딸네가 돌아간 후 뒷정리를 하고 잠자리에 누웠는데 전화가 울린다. 잔병치레했던 손주라 응급상황인지 가슴부터 덜컥인다. 딸아이는 아픈 것은 아니고 자야 할 시간인데 떼쓰고 할머니 찾는다고 좀 재워주고 가면 어떠냐고 한다. 낮에 할머니가 오냐오냐해준 것이 어리광으로 이어졌다고 딸도 투정이다. 장난감 정리하고 잠자리 들자는 아빠와 실랑이 중 설움이 몰려왔나 보다.

현관문을 여니 손주가 훌쩍이며 품에 안겨든다. 안아주기에는 버겁지만 사랑으로 힘을 내어본다. 흥얼흥얼 노래를 불러주며 토닥인다. 아침에 일어나서 할머니 찾으면 안 된다고, 할아버지 혼자 있어 가야 한다고 약속을 받는다. 손주는 알아들었는지 애교 섞인 목소리로 "알았져. 응, 응" 고개까지 끄덕인다. 우리 아가 예쁜 아가 자장자장, 별님도 자장자장, "알았져." 달님도 자장자장, "알았져." 따뜻한 엇박자에도 금방 잠이 들어 품 안에서 내려놓는다.

할머니의 사랑을 언제까지 찾을지 모르지만 현관문을 나서니 내 외가 가는 길이 떠오른다. 어릴 적에는 무서웠던 그 길이 그리움으로 남아있어 몇 해 전에 찾아간 적이 있다. 오솔길은 흔적만 남아있었고 고개 너머에는 공장이 들어와 추억을 지우고 있었다.

외할머니의 따뜻한 추억이 내게는 없지만 지금이 소중하다. 손주에게 외갓집의 좋은 기억과 따뜻한 외할머니로 남고 싶다. 손주가 커서 나중에 힘들고 지칠 때면 유년의 따뜻했던 기억으로 이겨 가는 소망을 불어넣고 싶다. 사랑받고 자란 아이는 사랑을 나누는 아이가 될 것임을 믿고 싶다.

꿈속에서 그려보는 고향 풍경도, 외갓집 가는 길의 대추고개 추억도 기억 속에 남아있다. 하지만 손주의 외가 가는 길은 할머니의 사랑으로 이어질 것이다. 버튼 누르고 오르내리는 엘리베이터 길이라도 외가에 가는 날은 행복한 추억으로 남았으면 좋겠다. 풍경은 변해가도 외할머니라는 이름에는 무한한 사랑이 변함없이 있을 테니까.

지팡이

봄볕 좋은 날 창가에 기대면 아버지가 생각난다. 볕 드는 마루에 걸터앉아 계시던 아버지, 그 옆에는 지팡이가 함께 있었다. 외아들인 오빠가 먼저 세상을 떠나자 삶의 끈을 놓아버린 자리에 지팡이가 대신했다. 지팡이에 의지해 걷던 걸음도 어느 날부터 대문 밖 출입을 접고 걸음마저 포기해 버렸다. 아버지가 먼 길 떠나던 날 유품처럼 남겨진 지팡이도 한 줌의 재로 사라졌다.

지팡이, 철이 없던 그때는 그냥 아버지의 걸음을 도와주는 것으로만 보였다. 아버지의 역할을 하지 않고 자리에만 누워계실 때는 원망 섞인 마음을 가지기도 했다. 그러나 나이를 먹으면서 효도하지 못한 일들이 회한으로 남았다. 멀리 산다는 이유로 살갑게 나들잇길에 한 번 부축한 일도 없으니 어쩌면 지팡이보다 못한 자식이었는지도 모른다.

세상 속에는 여러 종류의 지팡이가 있다. 길을 걷다가 시각장애인을 만나면 가슴이 먹먹해진다. 지팡이로 보도블록 위를 톡톡 두드리며 걷는다. 노란색으로 점자 보도블록을 표시해 놓았지만 그는 볼 수가 없다. 지팡이 끝에서 전해오는 느낌만으로 아슬하게 길을 걷는 섬세한 눈인 것이다.

시각장애인이 지나간 길 위에서 눈을 감고 걸어본다. 캄캄한 세계 서너 발자국도 걷지 못해 눈을 뜨고 말았다. 눈을 뜨고 걸어본다. 길이 환히 보인다. 그 길 위에 한 남자의 지팡이가 되어 걸어가고 있는 그녀가 보인다. 그녀의 남편은 소아마비를 앓았던 초등학교 동창이다. 자동차도 없던 시절 먼 거리도 걸어서 학교를 다녔다. 책가방을 메고 목발을 짚고도 결석하지 않았다. 체육 시간에는 텅 빈 교실에 혼자 남아서 운동장을 바라보던 친구다.

그동안 사느라 잊고 있었던 친구들을 모임에 나가면서 소식을 알게 되었고 만나게 되었다. 작은 키에 곱상했던 얼굴은 세월의 흔적을 안고 있었지만 편안해 보였다. 우리보다 더 많이 노력하고 앞서 세상을 걸어와, 세 자녀 중 둘이나 출가시켰다고 한다.

어린 시절에는 소아마비를 앓은 사람을 가끔 볼 수 있었다. 집안 형편에 따라 집에서만 생활하는 아이도 있었고, 어떤 부모는 아이가 사회로 나갈 수 있도록 더 많이 교육을 했다. 친구도 가족의 도움으로 세상 밖으로 나왔겠지만 본인의 노력이 더 많았다고 한다. 동급생인 동생이 책가방을 들어주며 등교와 하교를 도와줄 때 힘겹게 걸어가던 친구의 길은 얼마나 힘들었을까.

　내가 원하지 않았어도 장애가 되어 살아가는 사람들이 있다. 후천적이든 선천적이든 찾아오는 운명 앞에서 좌절과 원망으로 살아가기도 한다. 그러나 친구는 주어진 장애를 극복하고 긍정적으로 부딪치며 살아온 것이다.

　꽃들이 앞다투어 피고 지는 사월에 동창 모임이 있다고 연락이 왔다. 카페에 들어가니 그 친구가 글을 올렸다. '내 길동무 마누라랑 동행하는데 친구들이 불편하면 안 될 건데.'라고. 얼마 후 동창회장이 살고 있는 청주에서 만나기로 일정이 잡혔다. 각 지역에서 모인 우리는 금방 어린 시절로 돌아갔다. 첫날 독립기념관을 둘러보고 아우네장터를 지날 때에는 학창 시절인 양 만세삼창도 해 보았다. 다음 날은 괴산 산막이옛길을 걸어보는 일정이 남아있었다.

　그날 저녁, 코스처럼 되어버린 요즘의 밤 문화지만 음악 카페로 향했다. 그곳에서 친구는 애창곡 차례가 오자 마이크를 잡았다. 노래보다 하고 싶은 말이 있다고 했다. 동창 모임에 집사람을 데리고 온 사람은 나밖에 없을 거라고, 그리고 우리 부부를 따뜻이 맞이해준 사람들은 친구들뿐일 거라고 너무 고맙다고 한다.

　그는 이어 살아온 인생길을 이야기한다. 걸음마를 배울 때도 다른 아이들보다 더 노력했고 목발에 의지해 걷다가 지팡이를 짚게 되었다고 한다. 그러다 운명처럼 만난 인생의 동반자가 되어준 그녀를 소개했다. 가끔 같이 모임에 나온 적이 있다고 옆 친구가 말해 준다. 그날은 그녀에 대한 고마움을 이야기해서 모두가 감동적인 순간이었다. 친구들은 보고 싶고 혼자서는 올 수 없어 그녀를 보호자로 동행했다는 것이다.

이제는 지팡이를 짚어도 힘이 든다고 했다. 그리고 운전은 본인이 하지만 옆 좌석에는 그녀가 꼭 있어야 든든하다는 말에 모두 박수로 화답한다. 그의 인생 스토리와 프러포즈에 감격한 그녀 눈가가 촉촉해진다. 나도 가슴이 먹먹하여 그녀의 손을 가만히 잡았다.

자꾸만 삭막해지는 세상, 누가 장애를 가진 이에게 선뜻 손잡을 수 있을까. 쉽게 마음을 열어 결혼까지 할 수 있겠는가. 서로 지팡이가 되어 아껴주는 부부는 친구들 얼굴 봤으면 됐다고 그날 밤 먼저 집으로 떠났다. 많은 것을 몸으로 보여주고 떠난 그녀는 저 사람은 나 없으면 안 된다고, 계단이 있는 곳이면 따라다녔다. 그런 친구를 보살피던 모습은 마음에서 우러나오는 아름다운 지팡이였다.

다음날 고즈넉한 산막이옛길을 걸었다. 연두색 잎들이 나풀거리는 산길에 원망도 다 삭혀진 아버지에 대한 그리움이 길을 내고 있었다. 세상에 태어나게 한 아버지와 나와의 끈이 보이지 않는 지팡이가 되어 서로 잡고 있었던 것이다.

안 하던 짓

주말, 얼굴과 목 주변에 좁쌀 같은 열꽃이 피었다. 손목 안쪽으로는 더 심하게 솟기 시작한다. 피부의 부드러운 곳만 골라 핀 열꽃, 아무리 참아보아도 손이 저절로 간다. 며칠 그러다 가라앉겠지 하며 혼자 답을 내리다가 집에 있는 알레르기 비상약을 복용해 보았다. 그래도 가라앉지 않아 속을 태운 일요일이 참 길었다.

다음날 병원 문 여는 시간을 기다려 진료를 받았다. 오랫동안 다닌 피부과 선생님 앞에서 증상을 말하는데 그분은 나를 보고 웃는다.

"또 안 하던 짓을 하셨군요."

"여태 은행나무 곁을 지나다녀도 겁이 나서 만지지 않았는데 올해 처음으로 은행을 만졌거든요. 처음에는 가려운 증상만 있어 괜찮은 줄 알고 욕심을 부렸더니 그만 이렇게 되었어요."

지금은 참을 만하지만 알레르기 씨앗이 숨어 있을까 봐 겁이 나서 왔다고 하니, 다음에는 은행을 만지거나 줍지 말고 조금 사서 먹으라 한다. 한번 시작되면 몸 안에 잠재하다가 언제든지 나타난다는 설명을 덧붙인다. 나는 주사도 맞고 처방전을 받아 병원을 나왔다.

집으로 오는 길에 은행나무를 또 만났다. 잎도 열매도 다 떨어내고 알몸으로 서 있는 나무에 절로 눈길이 간다. 그리고 말을 걸어 본다. '너희는 왜 은행이란 이름을 달게 되었니. 사람들이 좋아하는 지폐도 손과 손을 거치면 냄새가 나고, 너희도 지폐처럼 냄새가 나는데도 나부터 좋아하니 말이다.' 그러면서 오는 내내 선생님 말씀이 떠올라 슬그머니 웃음이 나왔다.

하던 짓과 안 하던 짓이 뭘까. 어른들은 하던 짓만 하고 살아도 힘이 든다고 한다. 그런데 안 하던 짓을 해서 고생한 일이 벌써 몇 번째다. 사서 고생을 한 셈이다. 선생님께 처음 야단맞은 일은 쑥뜸을 하다 생긴 흉터 때문이다.

몇 해 전 무거운 것을 무리하게 들고 오다가 왼쪽 팔의 인대가 늘어났다. 처방을 받고 물리치료와 뜸을 같이 하며 한동안 치료를 했다. 뜸을 뜨는 선생님을 옆에서 가만히 보니, 나도 할 수 있을 것 같아 집에서 해 보았다. 따끔한 느낌이 시원해서 시간을 지체한 것이 그만 흉이 졌다. 화상 입은 부위가 가렵고 빨갛게 부풀어 올랐다. 긴 옷을 입었을 때는 몰랐는데 팔꿈치가

드러나는 여름에는 신경이 쓰였다. 그때 피부과에서 몇 차례 치료를 받고 흉터가 작아지긴 하였다. 어쨌거나 왼팔이 나았으니 안 하던 짓으로 일어난 일을 위안 삼은 일이다.

아기들은 안 하던 짓을 하면 대견하고 예쁘다. 막 걸음마를 시작한다든지, 옹알이만 하다가 말문이 트이면 어른들은 손뼉까지 치며 좋아한다. 하던 짓보다 안 하던 짓을 많이 하며 무럭무럭 자라는 아기들은 모든 것이 예쁘게 보인다. 그런데 어른들은 안 하던 짓을 하면 사고가 되기도 한다.

이번 열꽃 사건도 늦가을 오후에 시작되었다. 이웃에 사는 새댁의 친정집에 놀러 갔다가 청정한 풍경에 푹 빠져버렸다. 순간 내 고향마을에 온 것 같은 여유로움에 걷다가 은행나무를 만났다. 그 아래 수북이 떨어져 있는 은행을 보니 그냥 지나갈 수가 없었다. 재미로 조금만 주웠으면 될 것을 다음날까지 그곳에 가서 욕심을 부린 것이다.

내 몸의 체질도 모르고 마구 주워온 은행을 집에서 알맹이를 분리했다. 그 과정에서 노란 향내가 몸에 스며든 것인지 장갑을 끼고 작업을 했는데도 손목 주변부터 열꽃이 피어나기 시작하더니 얼굴에도 피었다. 꾸준히 복용한 약 덕분인지 가려움도 가라앉고 이미 잘 마른 은행알도 바구니에 소담하게 담겨 있다. 안 하던 짓을 하다가 혼쭐이 난 내 마음을 저 은행들은 아는 걸까.

구린 향기에 알맹이를 감추고 있는 은행알을 본다. 단단한 껍질 속에 또 한 꺼풀이 감싸고 있다. 소음과 매연에도 부모가 자식을 지키듯 열매를 지키기 위해 구린 향기에 감추고 있었던 것일까. 땀에 젖은 어미의 품속에서 단단하게 커가는 자식들처럼 말이다.

은행 향기를 거부하는 내 몸은 한바탕 소란으로 피어난 열꽃이 사라졌다. 그리고 그 자리에 가실하게 흔적을 남겼다. 열꽃들의 흔적을 만져보며 상념이 이어진다. 세상에 그저 얻어지는 일은 없다고 하는데, 이번 일로 다음에 만질 수 있는 면역성이 내 몸에 생겼으면 좋겠다. 한차례 고생은 했지만 가족이 먹을 수 있다는 위안이 더 크다. 한데 커다래진 남편과 딸아이의 눈은 내게 단단한 경고를 보내온다.

가시 이야기

　사람 붐비는 도로 가에 은빛 갈치를 가득 싣고 온 아저씨가 손님을 부른다, 우르르 모인 손님들 틈에 기회를 놓칠세라 가던 길을 멈추고 한 상자를 샀다. 비늘을 살살 긁어내고 먹기 좋게 토막 내어 소금에 절인다. 적당하게 간이 배인 갈치를 한 마리 씩 비닐봉지에 담아 냉동실에 넣어두었다.

　주말에 딸네 식구가 왔다. 한 봉지를 꺼내어 해동시킨 후 노릇하게 구워 저녁상에 올렸다. 먼저 손주에게 통통하고 큰 토막을 살만 발라주고 사위와 딸에게는 지느러미 부분에 가시만 발라 주었다. 신선해서 그런지 고소함이 젓가락을 분주하게 한다. 나머지 부분은 조심스레 살을 발라 먹는 데도 옆에 있던 딸아이가 가시 쪽은 먹지 말라고 주의를 시킨다. 엄마는 괜찮다고 했는데, 그만 왼쪽 목 안에 가시가 걸리고 말았다. 식사 중이라 아무 말도 못 하고 우물거려도 내려가지 않는다.

잠시 후 아이들이 걱정할까 봐 걷기운동 나간다고 핑계 삼아 말하니, 늦은 시각에 무슨 일이냐고 되묻는다. 딸네는 같은 아파트에 살고 있어 올라가라 하고 집을 나왔다. 집 주변 공원을 몇 바퀴나 걸어도 가시는 신경을 목 안에 가두어 놓고 내려가지 않는다. 따끔거려 불편하지만 이 정도를 못 참으면 안 되지 자책하며 밤사이 내려갈 거라고 믿었다.

공원에서 돌아와 어릴 적에 어른들이 생선 가시가 걸리면 응급으로 하던 일이 생각나 따라 해 보았다. 상추쌈을 싸서 볼이 미어지게 몇 번이나 먹었지만 내려가지 않고 괴롭혔다. 거의 뜬 눈으로 밤을 보내고 휴일이라 동네병원은 가지 못하고 대학병원 응급실로 향했다.

신종 코로나 여파로 열 체크를 통과하고 진료를 받았다. 아들도 직장이 지방에 있고 보호자인 남편도 지방으로 출장 중이다. 가까이 사는 딸네는 손주가 어리고 걱정되어 말을 못 했다. 다행히 걸을 수는 있으니 혼자 응급실에 갔지만 가족이 소중한 날이었다.

진료 상담을 하고 엑스레이 촬영을 했다. 밤사이 목 안을 괴롭히던 가시를 의사 선생님이 뽑아내었다. 혀를 잡고 의사 선생님이 시키는 대로 후후 소리도 내었지만 부끄러움을 잊은 시간은 순간이었다.

뽑힌 가시는 머리 부분에 있는 지느러미 쪽이다. 푸른 바다를

헤엄치던 힘의 가시가 나를 당당하게 잡은 것이다. 가시가 나온 후 부끄러움이 파도처럼 밀려왔다. 말을 아껴야 하는 현실이라 의사 선생님께 감사 인사를 고개 숙임으로 대신했다.

그래도 혹시나 일이 커질까 봐 지난밤 가시 때문에 응급실 와 있다고 딸에게 문자를 보냈는데 딸이 이내 달려와 주었다. 걱정보다 반가움에 타박이 먼저 나온다.

"엄마 생선 가시 쪽은 먹지 말라고 했잖아요."

또 먹을 꺼냐고 다짐을 몇 번이나 받는다.

"그래, 그래, 알았어"

대답은 했지만 습관을 버린다는 것이 쉬운 일인가. 요즘은 먹을 것이 많아서 버리는 것도 많지만 예순을 넘긴 나는 어릴 적부터 음식은 함부로 버리면 안 된다고 배웠다.

친정은 종가라 제사가 많았다. 생선 구경은 자주 했지만, 엄마는 생선 살을 드신 적이 없었다. 할머니와 아버지상에 올려 드리고 나머지는 두레상에 모여 앉은 자식들에게 가시에 붙은 살을 발라 먹였다. 그러고도 못 해준 것이 많아 엄마 가슴에 가시로 남는 일이 많다고 생전에 말하지 않던가.

즐겨 먹는 생선은 가시가 많다. 가시로 맛을 지켜 가는지 가시라는 장점과 단점을 동시에 가진 것이 생선이다. 입맛 짧은 나는 잘 먹지 않아 엄마를 힘들게 했는데 생선도 비리다고 했다. 그래서 비린내가 덜 나는 가자미를 내 앞에 당겨 주곤 했다.

엄마가 되고 할머니가 되고 보니 엄마의 마음을 늦게야 알게 되었다. 가족의 건강을 위해 입맛도 많이 바뀌게 되었다. 생선은 맛있는데 그 시절에는 보관할 수 있는 냉장고가 없어서 신선함이 떨어지고 비린 맛이 많이 났나 보다.

두 살 아래 동생은 손주들이 온다는 날은 생선을 구워준단다. 세월을 못 이긴 눈 때문에 안경을 쓰고 발라 준단다. 할머니의 푸근한 사랑을 받는 손주를 보면서 동생은 엄마를 떠올린다고 했다. 받은 만큼 돌려주는 내리사랑을 동생네 손주들도 훗날 알 것이다.

응급실에서 치료를 마치고 병원문을 나서는데 오늘따라 햇살이 눈부시게 고맙다. 소소한 일상이 행복인데 밤사이 가시 때문에 잠깐 잊고 있었던 것이다. 집으로 와서 물 말은 밥에 오이지를 올린다. 목 안으로 음식을 넘긴다는 것은 사는 일이다. 조심해도 다가오는 것이 사람이 하는 일이 아닐까. 순간의 일이 가시로 남아 뽑아낸 비용은 갈치 값보다 몇 곱 더 지불했지만 조심스러운 마음을 배운 것이다.

사람 사이는 말로서 소통하며 살아가지만 좋은 말, 고운 말만 해도 시간은 짧다. 가족이나 이웃 간에 상처를 주는 말은 안에 감추고 싶다. 죽을 때까지 배우며 살아야 한다는 것이 인생인가 보다. 순간순간 소중했던 시간을 안으며 가족의 밥상을 차린다.

설날과 양말

설날이 다가오면 보름 전부터 할머니와 엄마는 차례에 올릴 음식 장만으로 분주했다. 엿이나 강정도 집에서 만들었다. 정월에는 할머니를 찾아오는 손님들이 있어 다과는 곳간에 보관하기도 했다. 설날 아침 세뱃돈은 받지 못해도 기쁜 날이었다.

엄마가 오일장에서 사 온 나일론 양말 한 켤레가 우리 형제들의 설빔이었다. 섣달 그믐밤, 새 양말을 머리맡에 두고 잠을 청하던 그 시절이 왜 아련하게 다가오는 걸까. 구멍 나지 않은 양말 신은 발은 따뜻하다. 친구들과 고무줄놀이할 때도 높이 뛸 수 있고 걸음걸이도 사뿐했다.

받지 못한 세뱃돈에 대한 서운함도 있었지만 내색하지 않고 떡국을 먹으면서 빨리 나이를 먹으면 좋겠다고 생각했다. 어른이 되면 하고 싶은 일들을 마음대로 할 수 있을 거라고 꿈을 꾸던 아이의 큰 기대는 예순을 눈앞에 두고서야 그날그날이 좋은 날이라는 것을 깨닫는다.

집안의 법도를 완고하게 지키던 시댁도 변했다. 시어머님 먼 길 떠나고 나니 큰집으로 가는 발길이 소원해져 가지 못할 때에는 미리 제수 비용을 통장으로 입금한다. 친척 집에는 과일 상자로 인사하며, 조카에게는 남편이 세뱃돈을 주기 때문에 나는 미리 준비할 것이 없다.

예전에는 설날의 선물을 미리 준비했다. 그중에서도 양말이 큰 선물이었다. 정성으로 포장한 양말을 친척에게는 상자로 선물하고 가까운 이웃은 덕담과 함께 양말을 주고받았다.

대형마트에 가면 양말코너에 발길이 머문다. 진열해서 걸어 둔 것도 있고 가판대 위에는 몇 켤레씩 묶어 세일로 판매하기도 한다. 종류도 색상도 여러 가지다. 발등 양말도 있고 종아리까지 오는 양말도 있다. 땀을 흡수하는 발가락 양말에서 수면을 도와주는 폭신한 양말, 산행할 때 발을 도와주는 등산용 양말까지 가격과 품질도 다양하다.

아동용 진열대에는 예쁜 양말들이 많다. 이것저것 만져보고 구경도 한다. 예쁜 레이스가 달린 공주 모양에서 만화 주인공 무늬를 넣은 모양들, 유년시절에는 볼 수 없었던 것이다. 아이들도 쉽게 신고 벗을 수 있는 덧신까지 양말 세상이다. 지금의 아이들은 양말 한 켤레가 주는 소중함을 알까.

한 해를 시작하는 자리에 큰언니 같은 여사님이 문우들에게 양말 선물을 했다. 양력이지만 새해라서 당신 마음이라 한다. 덕담도 담겨 받은 양말을 보니 어린 시절 엄마에게 받았던 설빔처럼 발이 따뜻해졌다.

요즘은 구멍 난 양말을 예전처럼 꿰매어서 신는 사람은 드물다. 보풀이 나거나 바닥이 얇아져서 아니면 싫증이 나서 버리기도 한다. 구멍이 날 만큼 몸의 움직임이 적은 이유도 있겠지만 품질도 좋아졌기 때문이다.

새 양말을 구입할 때면 동생과의 기억들이 아련하게 밀려온다. 두 살 아래 동생은 쌍둥이처럼 자랐다. 나는 예전이나 지금이나 예민하고 동생은 양보하며 여유로웠다. 동네 어른들이 쌍둥이 같다고 하는 얘기들이 싫어서 까칠하게 굴어도 다 받아준 동생이다. 옷과 양말도 같이 입고 같이 신었던 그때는 둥근 밥상에 앉기 전에 먼저 깨끗한 양말부터 챙겨 곁에 두었다. 밥을 먹는 것보다 예쁘게 옷 입고 구멍 나지 않은 양말을 신고 학교 가는 것이 더 좋았다.

겨울밤이면 바구니에 담겨 있던 양말들은 엄마 손길을 기다렸다. 구멍 난 양말을 위해 한 짝이 희생되었다. 발등 부분을 가위로 둥글둥글 오려서 구멍을 메우던 엄마, 미처 엄마 손길이 닿지 않으면 서툰 내 솜씨로 꿰매어 신었다.

엄지발가락이 쑥 나오면 양쪽으로 바꿔 신기도 하고 뒤꿈치가 동그랗게 뚫리면 그곳에 둥글게 오려진 조각을 붙여 바느질

했다. 요즘은 옷을 살 때도 양말을 덤으로 주기도 한다. 그런 풍요로움 속에서 추억은 따끔하게 꿰매어지고 있다.

봄비 내린 날

잔뜩 흐린 하늘을 뚫고 천둥소리 들려온다. 날씨처럼 가라앉은 마음을 풀어버릴 겸 며칠 전부터 미뤘던 베란다와 현관 앞을 청소한다. 경계를 허물 듯 담장처럼 심어진 쥐똥나무 사이에 있는 쓰레기를 주워내고 지난해 떨어진 낙엽까지 쓸고 나니 빗방울이 떨어진다. 봄비답지 않게 투두둑 투두둑 유리창에 부딪혀 겨우내 쌓인 먼지를 씻어내며 길을 따라 흘러간다. 빗물을 단물처럼 흠뻑 마신 쥐똥나무 잎들은 연둣빛으로 반짝인다.

한곳에 오래 살고 싶었지만 뜻대로 되지 않았다. 지난겨울 아파트에서 연립으로 이사했다. 처음에 집을 장만했을 때는 주택이었는데 편리한 아파트보다 재산 가치가 되던 시절이어서 선택했다. 마당이 있던 그곳에서 아이는 태어났고 대문 열어놓고 마음대로 드나들던 이웃이 있었다. 지금도 아이는 좋은 기억이 있어 가보고 싶어 한다. 앵두나무와 라일락도 있고 접시꽃도 있었다. 상추와 깻잎, 고추 등을 심고 가꾸던 재미를 지금처럼 절실하게 느끼지 못했지만 안정된 생활이기도 했다. 그때는 자동차가 많지 않아 마당을 주차공간으로 사용한 것이 아니라 텃밭으로 이용했다.

연립으로 이사하는 날까지 가지 않겠다는 딸아이 때문에 마음이 아팠는데 막상 이사하고 나니 내가 적응되지 않아 힘들었다. 어느 곳이나 이사한 후 한 달 정도는 정리 때문에 소리가 나게 되는데 베란다의 안전망 설치를 하느라 드릴 소리가 났다. 손전등을 들고 내려온 이층 할아버지께 죄송하다는 말과 함께 힘이 빠진다.

한곳에 오래 살다 보면 텃세라는 것도 있고 나이에서 오는 고집이 있다는 것을 알고 있지만 마음이 상했다. 시간이 지나 정이 들고 삭여질 거라고 위안하면서 이웃과 정들어야 하는 시간을 기다리기로 했다. 꼭 잠근 문밖에서 소리가 나도 나와 무관하지 않으면 열지도 않는 현실 속에서 이웃을 잘 만나는 것도 큰 복이라던 말을 생각하게 하는 날이다.

예전에는 나이를 먹으면 먹을수록 마음이 넓어지고 지혜가 생기는 줄 알았다. 그래서 어른들은 늘 마음이 넓고 포용해주는 줄 알았는데 오히려 나이 먹을수록 더 좁아지고 내 고집에 갇혀 사는 것을 알게 되었다. 잠시 속상했던 마음을 미래의 내 모습일 거라고 생각하고 나니 편안해졌다. 이제 적응도 되어가고 차 한 잔 나눌 이웃도 생겼으니 마음의 여유를 가진다.

전에 살던 아파트처럼 거실에서 먼 곳의 하늘은 볼 수 없지만 아늑한 분위기도 있다. 그래도 마음 나누고 인생을 읽을 수 있는 것은 봄비 내린 후 자연의 새 생명 들이다. 비 그친 후 밖을 나왔더니 베란다 앞 조그만 터에는 구기자 잎도 파랗게 돋아나 있다. 고향에서 약재로 재배하던 것을 이곳에서 보니 반갑고 겨우내 보이지 않던 돌나물도 언제 올라왔는지 파릇하다. 음지에서 고개 내민 민들레와 풀꽃들도 있다. 한 바퀴 돌아와 쥐똥나무 앞에 서니 뽀족뽀족 내민 잎이 무언가를 말하려는 아기의 옹알이 같다. 엄마만이 알아들을 수 있는 소리로 상큼한 향기와 연둣빛 눈이 주는 신호를 가슴에 담는다.

열매가 쥐똥처럼 검고 작아서 이름 지어진 것 같은 쥐똥나무는 지난가을에 익었던 열매가 몇 개씩 매달려 있다. 울이나 길가 도로변에 있는 쥐똥나무는 콘크리트 담장보다 친근해지고 보기도 좋다. 봄날 작은 잎을 내미는 새순은 세상을 보는 작은 마음부터 심어주는 것 같다. 꽃 피우고 잎을 피우는 나무도 아름답지만 잎 먼저 피우고 꽃을 피우는 나무도 아름답다. 저 잎이 자라고 나면 하얀 꽃망울이 맺혀 향기를 낼 것이다.

대단지의 아파트보다 작은 연립에 울타리로 서 있는 나무가 먼저 위로를 한다. 아침마다 경계도 없는 마음의 울로 서서 바라본다. 울타리 없이 살 수 있는 사람 사이는 언제쯤 올 수 있을까. 빗소리 따라 상념의 폭이 넓어 간다.

슬픔의 깊이

알 수 없는 허전함이 밀려와 절을 찾았다. 법당에는 예불 올리는 스님 뒷모습만이 수행의 맑은 기운을 전해준다. 조심조심 방석을 펴고 마음을 모은다. 똑똑 또르르 높고 낮음의 목탁소리가 화음이다. 아니 흐트러진 마음과 화합이다. 삼배하고 앉았는데 오늘따라 눈길이 영단에 머문다. 영정사진 속의 영가님은 남겨진 가족의 슬픔을 보고 있는 것일까.

어린 나이에 슬픔을 알게 되었다. 외아들이던 오빠가 군 제대 후 병이 찾아왔다. 수술도 하고 일상으로 돌아와 결혼도 했지만 재발하면서 투병생활이 이어졌다. 엄마와 새언니의 간호도 소용없이 먼 길을 떠나던 날, 엄마는 오빠의 치료약을 구하러 서울에 와 있어 임종을 지키지 못했다.

새언니가 옆에 있는데도 엄마를 찾던 오빠는 평생 엄마 가슴에 채울 수 없는 슬픔의 강이 되어 흘렀다. 어린 마음에도 엄마의 슬픔이 너무 깊어서 내 빈 마음은 보여줄 수 없었다. 자식 먼저 떠나보낸 것이 죄인이라며 수건으로 얼굴을 가리고 일하며 살았던 엄마 마음을 이제야 헤아린다.

짧았던 결혼생활, 떠난 오빠를 평생 그리워하며 살았던 언니도 그 곁으로 간 지 오래되었다. 슬픔보다 그리움이 빈 가슴을 채우는 나이가 되어 절을 찾는다. 절에서 하는 행사 중 백중기도 날이 아들을 가슴에 안고 살았던 엄마의 기일이기도 하다. 뜨거운 여름에 49일 기도, 나와 인연 있었던 합동 제사에 오빠 언니도 올린다. 불가에서는 눈에 보이지 않지만 인연으로 연결되어 있어 제사는 서로에게 공덕을 쌓는 일이라 한다. 공덕보다 그리운 내 마음이 편안하기 위해 제사를 모신다.

스님의 축원 속에 진동으로 해 놓은 전화가 울린다. 문학 선배의 전화다. 법당 안이라고 메모만 남겼다. 기도 시간이 끝나고 휴대폰을 보니 점심 같이 하면 어떠냐는 문자도 와 있다. 무슨 일일까. 의문이 들고 궁금하다. 며칠 전에 서로 안부 전했는데 나의 예감이 밥 먹는 일만은 아닌 것 같다. 다행히 절에 갈 때만 입는 바지를 입지 않아서 외출한 김에 선배가 있는 곳으로 가겠다고 문자를 넣었다.

약속 장소에서도 평소의 모습으로 반갑게 대한다. 얼굴에 그늘이 없는데도 무거운 느낌이 함께 따라온다. 선배는 코로나 백신 2차 접종하려면 많이 먹어야 한다며 고깃집으로 이끈다. 밥을 먹으면서도 일상의 이야기로 맞장구도 치고 문학 이야기로 이어졌다. 자꾸 내 앞으로 고기를 옮겨 준다. 식사 후 차 한 잔 하면서 며칠 전에 겪은 이별 이야기를 한다.

휴대폰에 저장된 사진을 보여준다. 중후한 중년의 남자 얼굴이 해맑다. 선배가 자랑하고 의지하던 남동생이 먼 세상으로 갔단다. 사인은 심장마비, 오늘이 삼우제라며 담담한 얼굴에 슬픔이 서린다. 병원 진료 후 집에 가면 동생 생각이 더 날 것 같고, 넘어가지 않는 밥도 혼자 먹어야 해서 나를 불렀다는 것이다.

예고 없이 찾아온 또 한 사람과의 이별이 아프다. 전날 텃밭에서 찍어 누나에게 보내준 본인 사진이 생의 마지막 사진이 될 줄 누가 알았을까. 누나, 하며 웃는 환한 얼굴이 생전 모습이다. 선배는 한때 학업을 접고 어린 나이에 동생을 위해 생활 전선에 나와 뒷받침해 가르쳤던 동생이다. 보답이라도 하듯 교직에 있어 늘 뿌듯하다 했는데 누나보다 먼저 떠난 것이다.

이야기를 듣는 내내 먼저 이별을 겪었던 오빠 생각이 나서 심장이 쿵쿵거린다. 퇴임하고 고향에서 자리 잡아 재미있게 살 시기인데 안타까운 시간이 흐른다. 선배는 오래전 먼저 떠나보낸 동생의 아픔도 있어 아직도 가슴앓이하는데 또 한 번의 이별을 담담하게 맞이하고 있다.

선배의 몫으로 남을 슬픔의 깊이, 아물 때까지 얼마나 시간이 흘러야 할까. 사람이 태어날 때처럼 이별도 순서 있게 세상을 떠난다면 얼마나 좋을까. 그러면 서로의 슬픔도 조금은 옅어지지 않을까.

아침부터 나에게 오던 알 수 없는 느낌도 보이지 않는 인연이었나 보다. 동생분의 명복을 기원하며 집으로 오는 길에 비가 내린다. 끝없이 잡아 왔던 인연의 옷자락, 칠월이면 더 깊어지는 내 안의 그리움이 비가 되어 내린다.

탱자나무 울타리

시골길을 걷다가 우연히 만나는 탱자나무가 반갑다. 어릴 적에는 흔히 볼 수 있던 나무, 낮은 돌담장이 있으면 한켠은 탱자나무 울타리로 장식되어 있었다. 내가 태어난 고향집도 작은 텃밭 둘레에 탱자나무 울타리가 있었다. 아버지가 웃자란 가지를 쳐내면 나지막하니 정감이 묻어났다.

옆에는 실개천이 졸졸 흐르고 탱자나무 아래서 놀던 기억이 꽃처럼 피어난다. 가시나무에도 길이 있어 바람이 드나들고 병아리와 참새 떼도 재잘거리며 같이 놀았다. 햇살이 비추면 가시는 더 푸른색을 띠기도 했다. 오월이면 여리고 예쁜 하얀 꽃이 가시나무에서 피는 것이 신기했다. 가을이면 노랗게 익은 열매가 향기까지 퍼져 간다.

그러나 울타리 안을 훤히 볼 수 있어도 울타리를 넘을 수는 없었다. 생활에서 유용하게 쓰이며 도둑도 막아주던 해학적인 울타리가 아니었을까. 지금처럼 빨래집게가 없던 시절, 집게 역할도 했다. 바람이 부는 날은 바지랑대 받친 긴 줄에 빨래를 널지 못하고 탱자 울타리에 널었다. 하얀 수건도 아버지 바지도 가시가 단단히 고정해 주어 바람도 건드리지 못했다.

초등학교 정문 옆에도 탱자나무 울타리가 으름장을 놓았다. 가시울 사이로 학교 안을 볼 수 있어도 늦은 지각에는 울타리를 넘을 수 없어 선생님의 야단을 맞아도 정문으로 들어가야 했던 기억이 새록새록 피어난다.

지금 생각하면 생활 속에 지혜를 주던 나무 같다. 탱자 열매는 약으로도, 방향제로도 쓴다고 한다. 소화 작용이나 복통을 멎게 하는 약효가 있다고 하니 예전에는 병원이나 약국이 멀어 민간요법으로 사용한 것이다. 열매를 말려서 차로 끓여 마시면 좋다고 한다.

탱자나무의 꽃말은 추억이라고 한다. 추억을 소환한 나무 곁에 서 본다. 하얀 꽃잎은 여려도 열매를 맺고 키우는 나무는 우리의 어머니 같다. 태어난 고향집은 꽃처럼 예쁜 추억도 있지만 가시처럼 슬픈 추억도 있다.

아버지가 믿었던 마을 아저씨에게 보증을 섰다. 그 사람은 빚을 갚지 못한 채 도망쳤고 고스란히 아버지가 떠안아 집을 떠나게 되었다. 희미하게 떠오르는 빨간 딱지는 벼 가마니에 붙여졌다. 아무것도 모르는 아이 눈에도 슬픔의 딱지로 보였다.

식구들이 헤어지고 이별이 왔다. 둘째 언니는 학교 때문에 작은아버지 집에서 할머니와 살게 되었고 부모님은 나와 동생, 오빠를 데리고 부산으로 갔다. 도시에서 적응하기 힘든 직장을 아버지는 다니게 되었다. 그 후 몇 년간 부산에서 살던 부모님은 장남이고 종갓집이라는 이유로 고향으로 돌아오게 되었다.

마을 또래들이 초등학교 들어갈 무렵 부산에서 나는 고향으로 왔다. 친구들이 없을까 봐 그랬는지 일곱 살에 할머니 손에 이끌려 입학을 했다. 엄마 품 안이 그리웠던 겨울밤은 길었다. 작은집에서 살았던 기억은 탱자나무 울타리로 남아있다. 그 후 부모님은 고향마을에 다른 집을 사서 식구들이 모여 살았고 내가 태어난 집과는 주인이 바뀌어도 친척처럼 지냈다.

탱자나무 곁에 서면 나약해진 나를 다시 일으켜 세우게 된다. 인생 살아가는 날들이 다들 가시밭길이라 한다. 어릴 적 탱자나무 가시는 추억으로 다가오지만 지금은 나를 방어하는 가시가 자라고 있다. 믿음과 보증이라는 말은 내 안에 가시울타리를 단단히 치게 했다. 그리고 그것은 단단히 지켜도 순식간에 울을 넘고 들어온다. 믿었던 이웃이 상처를 주고 떠난 까닭이다.

추억을 소환한 나무 앞에 다시 서 본다. 오롯이 하루만이라도 그 시절로 가본다. 마루에 앉아서 바라보면 햇살 눈부시게 내리던 마당과, 작은 방 앞 가뭄에도 마르지 않았던 우물이 두레박

에서 출렁인다. 탱자나무 아래서 놀던 호기심 많던 아이가 육십
년이 넘어서야 탱자 가시에 찔리지 않고 서성이던 그 시절로
넘고 있다.

2부 덧나지 않는 추억

반룡송을 만나다

　사월이지만 변덕스런 날씨는 도저히 가늠할 수가 없다. 이천과 여주로 문학기행 가는 날, 일기예보는 바람과 함께 추위가 왔다. 옷을 따뜻이 입고 출발하라는 선생님의 당부도 며칠 전부터 이어졌는데, 두터운 점퍼와 일기예보는 딱 맞았다.

　동안구청 후문, 출발 시각에 맞춰 도착하니 먼저 온 문우들이 반긴다. 문학으로 이어진 만남은 편안하다. 나이도 초월한 문우들과의 끈끈한 우정도 깊다. 토요수필 반은 거의 출석이라 회원들의 얼굴이 꽃으로 활짝 피어나고 머플러로 봄기운을 가득 두르고 온 선배가 반갑다. 말하지 않아도 마음 통하는 문학 선배인데 내가 처음 문학에 발을 디뎠을 때부터 본보기였다.

　문학기행 때마다 인솔하시는 선생님은 어디서 그런 기운이 펄펄 나는지 열강으로 이어진다. 8년 전 그때도 봄이었다. 똑같은 일정으로 답사했던 기억이 엊그제 같은데 벌써 시간이 흘러 버렸다. 그해 봄 저물녘에 도착한 고달사지에서 받았던 잔잔한 감동은 두 편의 시를 남겼고 산수유 마을 답사에서도 한 편의 시를 남겼으니 지난 시간이 헛되이 보내진 않은 것 같다.

먼저 설봉공원에 도착한 일행들은 선생님으로부터 『혈의 누』를 쓴 이인직의 삶과 작품세계에 대한 설명을 듣는다. 이인직 문학비 답사 후, 도자기 센터에 들어가 작품 감상도 하고 구경도 한다. 요즘 도자기 그릇에 빠진 내 마음을 자제하며 커피잔 두 개만 샀다.

여행지에서 빠질 수 없는 것이 먹는 즐거움이다. 유명하다는 이천돌솥밥집에서 점심을 먹고 산수유 마을을 답사했다. 마을길은 그때 보다 넓혀져 있고 더 심어서 늘어난 산수유들이 오종종하게 꽃망울 열어 바람결에도 잔잔한 유혹을 한다.

여주 고달사지 가는 길에 반룡송 답사가 있다. 버스에서 내려 천연기념물 381호로 지정된 반룡송을 바라보니 감회가 새롭다. 백사면 도립리 들녘에서 그때처럼 나를 반겨주는 것 같다. 입구에는 백송 한그루가 수문장처럼 지키며 안내하고 있다. 조금 걸어가면 반룡송이 한그루의 소나무와 동고동락하고 있다.

반룡송은 경주 불국사에 있는 석가탑과 다보탑처럼 보였다. 비와 바람과 햇살과 눈을 맞으며 세월을 끌어안고 있었다. 한그루는 석가탑처럼 장식이 없고, 한그루는 여러 모양으로 구불구불 쌓아 돌리고 있다. 나무도 수행하면 저렇게 큰스님처럼 경지에 오르는 걸까. 소나무인데 소나무처럼 보이지 않는 걸까. 표피는 붉은색으로 줄기와 가지는 뱀이 똬리를 튼 듯하다. 소나무라는 이름을 버린 것만 같은 저 수도자는 쭉쭉 뻗어가지 못하고 품을 넓히며 그저 낮추기만 하는가. 신령스러워 함부로 다가갈 수 없는 무언의 힘은 무엇인가. 나무는 사람의 손길은 아주 조금만 빌린 것뿐이다. 받침대 위에 처지지 말라고 가지마다 지지대만 세워 주었다.

세상 사람들은 오르고 또 오르고 싶어 한다. 그런 마음을 대신 억누르게 하는 듯이 내게도 경고를 보내는 것 같다. 낮게 더 낮게, 그리고 생각은 깊게… 다시 푸르게 일어서며 그들은 그렇게 살고 있다. 세월이 감싼 무언의 대화를 듣고 싶어 귀를 기울이니 바람만 내 귀를 때리며 지나간다. 자연과 함께 탑처럼 쌓아온 반룡송의 긴 세월 전설처럼 안고 있는 그들과의 해후도 인연일 것이다.

봄날이다. 솔잎들은 뾰족뾰족 연두색 연필 같은 심으로 사방에 글을 쓰고 있다. 저절로 모은 두 손은 예의를 갖춘다. 탑을 돌 때처럼 반룡송에게 탑돌이를 한다. 세 번 걸음마다 문인으로서 걸어갈 수 있도록 한 편의 글이라도 오래 남길 수 있는 기운을 달라고 천천히 걸음을 옮긴다.

이것도 인연이리라. 세상에 자생하는 많은 나무 중에 내가 만날 수 있는 나무도 따로 있나 보다. 이름까지 붙여진 나무, 용이 승천하는 듯하여 반룡송이라 하지만 나는 두 탑으로 보고 싶다. 부처님의 법을 전하는 것처럼 마주 서서 자연과 함께 살고 있으니 말이다.

반룡송도 넓은 들녘이 아니고 도심의 빌딩 숲에 싸여있었다면 이런 모양으로 성장할 수 있었을까. 텅 빈 들녘에 있었기에 자유자재로 자랐는지 모른다. 쓸쓸함이 오히려 충만할 때가 있다. 그래서 아름다움으로 다가와 그들을 보고 싶어하는 그리움이 있었을 것이다.

반룡송 앞에서 문우들은 '와~와' 감탄사를 쏟아내고 가슴에 푸른 기운 가득 안는다. 일정에 따라 고달사지 답사를 가기 위해 버스에 오른다. 언제 다시 와 볼 수 있을까. 약속할 수 없어 아쉬움만 두고 돌아본다. 의연하게 자리 지키고 있으라고 보이지 않을 때까지 돌아보며 손을 흔들었다.

예불 소리

체감온도가 영하로 느껴지는 늦가을에 문학기행을 떠났다. 늘 떠나고 싶은 것을 꿈꾸면서도 떠나지 못하는 일상 속에 묻혀 있다가 유일하게 탈출구가 되어 준다. 정원을 채운 버스 안에서 인솔하는 선생님은 오히려 춥다하지 말고 시원한 날이라고 반대로 생각하라며 최면을 걸어준다.

색색의 고운 단풍잎들이 팔랑거리는 늦가을에 아직도 내게 물들일 마음이 남았던가. 은행나무 가로수로 서 있는 마지막 일정인 부석사 가는 길, 봄날 연두색 새순 내밀더니 어느새 노란색으로 단장하고 가벼이 가을을 떠나고 있다.

비포장으로 남아있는 길에서 도반을 만난 듯 조급함을 버리고 도란거리며 길을 걷는다. 비탈길이 지나고 천왕문이다. 부석사 경내로 들어서기 전에 만나는 눈을 부릅뜬 사천왕상 앞에서 움츠러드는 몸은 알게 모르게 지은 죄가 있었나 보다. 합장으로 고하며 인사를 한다.

범종루를 지나고 안양루를 지나 무량수전 앞뜰에 다다랐다. 아름다운 세월이 만들어 놓은 고풍스러운 자태의 무량수전이 반긴다. 묵묵히 극락을 꿈꾸도록, 모두가 극락에 살도록, 천 년을 지켜온 무량수전에 들어가 참배를 한다. 정면이 아니라 측면에 부처님이 계시다. 한발 비켜서서 중생을 보살피는 것 같은 부처님 앞에서 내 가족부터 발원하는 기도가 욕심이었을까.

무량수전에서 나와 아름다운 자태와 정교한 모습으로 서 있는 석등과 마주한다. 석등은 국보 17호로 지정된 명작이라고 한다. 봉로석에 향을 올리고 부처님의 말씀이 밝게 멀리 퍼지도록 불을 밝히던 석등, 수많은 사람이 오고 가도 석등은 말이 없다. 부처님 말씀을 대신 전하는 석공의 손길만 오롯이 남아있었던가. 석등의 불빛은 눈으로 보면 보이지 않는다. 마음으로 눈을 떠야 불빛이 보인다고 한다. 그러한 석등 앞에서 합장한다. 천 년이 넘도록 활활 꺼지지 않는 빛으로 남아 우리들의 길을 밝혀주고 있는 석등을 향해 두서없이 마음을 모은다.

산사의 어둠은 빨리 왔다. 마음의 불을 켜고 뜨락을 서성인다. 저녁 예불을 기다리면서 추위를 오두마니 가슴에 품는다. 품어도 온몸이 떨린다. 한기 같은 서늘함으로 서성일 때 어둠 속에서 스님이 요사채에서 나오신다. 먼저 무량수전에서 예불을 알리는 작은 범종소리 울린다. 이어 장삼자락 휘날리며 두둥

둥 북소리가 울리기 시작하고, 목어가 타닥타닥 두드려지고, 뎅 뎅뎅뎅 운판소리가 하늘로 끝 모르게 퍼져간다. 잠시 틈도 없이 범종소리가 뒤이어 울려온다. 당 당 당, 저 어둠 속에서 꿈틀꿈 틀 살아나는 빛과 같은 소리들, 산사를 깨우고 밤하늘까지 깨우 며 울려 퍼진다.

어느 악기가 저렇게 장엄한 소리를 낼 수 있을까. 소리 속에 스며들어 한동안 말을 잃었다. 꺼지지 않는 지혜의 마음을 가지 라고, 석등은 꺼지지 않는 빛으로 서 있었고, 예불 소리는 사람 들의 마음을 울리고 있었다.

천 년 전에도 흘렀던 물길 따라

늦여름 끝자락을 붙잡고 길을 나선다. 끝자락은 늘 아쉬움을 남기듯 사람을 에돌게 한다. 빠른 길을 두고 천천히 마을버스를 기다린다. 도착한 그곳은 평일이라 한가하다. 안양예술공원 그 이름보다 유원지가 더 귀에 익숙한 오랜 세월을 거슬러 올라간다. 삼성산에서 흘러내리는 저 물의 근원은 어디일까. 어제도 그저께도 천 년 전에도 숲이 있었고 물줄기가 있었기에 이곳은 살아 있는 것이었다. 그리고 사람들을 불러들이고 있는 것이다.

안양에 둥지를 튼 지 서른 해가 넘었다. 첫 나들이는 아이들이 어렸을 적이다. 계곡에서 물놀이도 하고 먹고 즐기던 기억이 아직도 생생하다. 아이들이 커가면서 유원지 나들이는 조금씩 멀어졌다가 다시 찾게 된 것은 10년 전 안양여성문학회 모임 때문이다. 문우들과 찾게 되면서 문학에 대한 열정이 냉철하게 깨우쳐 가기도 했고, 소식 모르고 지냈던 고향 친구들을 이곳에서 만나 옛 시절로 돌아간 것처럼 계곡에 발 담그고 회포를 나누기도 했다.

누구나 편안하게 발걸음할 수 있는 이곳은 2005년부터 예술공원으로 거듭났다. 계곡을 정비하고 건물도 예술작품으로 새로 지었다. 자연과 예술이 만나 격조 높은 쉼터로 자리 잡은 것이다. 세계 각국의 예술가들이 만든 작품이 자연 속에 있다. 돌 하나에도 이름을 부여하면 새 작품이 탄생 되듯, 두 시간여 동안 작품을 감상하며 걷는 길은 등산을 하지 않아도 산행한 것 같은 운동과 휴식을 준다.

주차장을 지나 계곡을 따라 올라온 길, 천천히 걷는 여유를 삼성산 계곡 입구에 내려놓는다. '어서 오세요, 쉼터'다. 산 내부로 들어오는 사람들을 반갑게 맞이하는 마을의 느티나무 아래 평상처럼 반긴다. '어서 오세요, 쉼터'는 박인수 작품이다. 관람객과 등산객을 맞이하고 보내기도 하는 곳에 설치되어 있다. 바닥재 중 두 개는 출렁다리를 철거할 때 남은 것을 재활용했다고 한다. 지붕은 하늘이 보이고 바닥은 자연석이 올라와 있다. 자연과 같이 조화를 이룬 사방이 트인 쉼터다. 출렁다리를 이을 때 뚫어놓은 구멍으로 흙의 기운이 스며 오르는 것 같다.

쉼터를 만들기 전에 이곳은 작은 가게가 있던 자리라고 한다. 그 가게는 오가는 사람들의 쉼터 역할을 했다. 막걸리 한 잔에 피로를 풀기도 하고 한잔의 커피는 휴식의 자리가 되었다. 예술공원으로 바뀌면서 가게가 철거되고 작가는 그곳에 맞는 작품을 설치했다. 길과 길을 이어 주던 출렁다리는 수많은 발자국이 스며있다. 그 추억들을 끌어와 과거와 현재를 잇고 휴식과 충전을 이어 주는 의미를 부여한 것이다.

쉼 없이 흘렀던 땀방울이 벌써 그리워진다. 미련처럼 늦여름의 끝자락을 붙잡고 쉼터에 앉았다. 저만치 앉아있는 중년 아저씨들이 막걸리잔을 기울이고 아기를 안은 젊은 엄마도 쉬어간다. 예술공원보다 유원지라는 이름이 더 익숙했을 사람들도, 새로운 이름에 익숙한 사람들도 휴식의 공간이라는 생각은 같지 않았을까.

천 년 전에도 마음의 극락을 주고 행복을 꿈꾸게 했던 곳에 물이 흐르고 있다. 숲속에서 불어오는 바람 한 자락은 세월의 이마를 스치며 지나간다. 변하는 시대 편리함에 살고 있으면서 마음은 쫓기듯 바쁘다. 가끔은 모든 것 내려놓고 느리게 살고 싶을 때면 이곳을 찾는다. 찾을수록 정이 새록새록 드는 예술공원, 삼성천 계곡을 따라 산 입구에 서면 '누구나 쉬어갈 수 있어요.'라고 기다렸다는 듯이 말하는 소리가 먼저 들린다.

쪽빛에 물들이며

　　나뭇잎이 오색으로 물드는 가을날, 천연염색 학습장을 찾았다. 물감은 크게 세 가지로 나눠 식물성과 동물성, 광물성이 있다고 한다. 식물성은 여러 종류의 과일 껍질과 열매의 즙인데 치자, 홍화, 쑥, 양파껍질 등으로 만든다. 동물성은 사막 지역에서 응용하는 낙타의 피와 오배자라는 벌레가 있지만, 우리나라에서는 잘 사용하지 않는다고 들었다. 그중 광물성에는 석탄과 황토가 주재료로 사용되는데 삼베와 광목에 먹물을 들인 것과 황토로 물들인 천이다.

　　요즘은 황토로 물들인 옷이 인기가 많다. 어릴 적에는 황토를 쉽게 볼 수 있어 만지고 밟고 하면서도 좋다는 생각보다 당연한 생활이었다. 황토로 물들인 옷이나 이불 등을 사용하는 집이 늘고 있다.

오랜만에 도시에서 벗어나 들꽃도 볼 수 있는 한적한 곳에 있으니 마음부터 편안해져 온다. 물감 들일 여러 가지 재료가 먼저 끓여져 큰 그릇에 담겨 있다. 양파껍질은 옅은 갈색이 나오고 치자의 노란빛은 동심처럼 눈부시다. 오미자는 분홍색을 내면서 아름답다. 쪽이라는 물감은 여뀌과의 풀이라 하는데 오월과 유월경에 돋는 새순을 말려서 사용하는 것이라 한다. 쪽빛이 나오는 색의 뜻은 쪽빛 바다라는 말의 근원에서 왔다는데 나는 처음 보았다.

준비되어있는 머플러를 구입하여 초벌로 맑은 물에 여러 번 주물러 헹구어 낸다. 꼭 짠 후에 본인이 좋아하는 색에 담그는데 끝 부문을 잡아주는 사람과 한 마음이 되어야 한다. 한 그릇에서 똑같이 물을 들여도 식는 과정에서 들여지는 색깔은 약간씩 다르다.

날씨에도 민감해서 그날의 일기 따라 색이 나오고 물들이는 이에 따라 성품과도 연관된다고 한다. 그러한 오묘한 진리가 재미있고 신비롭기만 한 물감의 조화다. 개인 취향에 맞게 고무줄로 홀치기한 여러 문양도 넣을 수 있다.

나는 어린 시절 도화지에 그림을 그려놓고 색을 덧칠하면 다른 색이 나오던 그때도 여러 문양을 넣은 화려한 것보다 내가 좋아하는 것은 한가지로 된 것을 좋아했다. 한가지로 된 색은 마음을 편안하게 하는 마력이 있었다. 그것은 가까이 가지 못할 꿈에 대한 포기였는지 모른다. 미련을 떨쳐버리고 단순해지는 마음이었다.

여러 가지 물감을 보다가 이번에는 푸른 바다를 연상케 하는 쪽빛에 마음을 정했다. 먼 수평선 위에 아련한 그리움의 향수 같은 머플러를 만들기 위해 쪽에 서서히 담궈 주물렀다. 그리고 맑은 물에 여러 번 헹구어 내니 색이 더 짙어졌다. 물기를 짜서 그늘에 말리며 아이 다루듯 정성 들여 결을 편다. 염색하는 전문가들은 예술성이 뛰어난 작품을 만들어 감상할 수 있도록 한다지만, 나는 내가 물들인 작은 머플러에서 행복을 느낀다.

머플러 한 장에서 바다가 출렁인다. 내 인생의 푸른 바다, 때론 닻을 내리고 올려야 하는 긴장 속에서 잠시 일상을 내려놓는다. 늘 잔잔한 날들만 있는 것이 삶이 아니듯, 바람도 불었고 세차게 파도치는 날도 있었다. 스스로 내 몫으로 끌어안기까지의 나이가 망망한 바다였나 보다.

가을도 색색으로 물들고 있다. 완성된 머플러를 두르고 산길을 걷는다. 머플러 한 장에도 바다처럼 온몸이 물들 듯, 사람 사이에도 정이 옅어지면 따뜻한 마음의 색으로 물들이며 사는 것이 아닐까. 오늘은 쪽빛 바다에 푹 물든 날이다.

메뚜기 소동

그해 가을 석모도 여행을 떠나기로 했다. 일찍 나서야 다녀올 수 있다는 남편 성화에 맞추었지만 밀리는 차들 때문에 김포에서 멈추게 되었다. 가다 서기를 반복해야 하는 도로에서 인내심도 한계에 부딪혀 몇 시간을 보낸 후 차를 돌렸다.

때 늦은 점심을 먹고 아쉬움에 도로가에 차를 세웠다. 김포 들녘은 황금물결로 출렁이고 여행에서 돌아오는 차량으로 도로는 주차장을 방불케 했다. 모처럼 시간을 내어 나온 것이 아까워 논에 메뚜기가 있는지 가보자고 내려섰는데, 들녘에는 이미 사람들이 많았다.

60년대는 벼 수확도 적었고 태풍 때는 여지없이 잘 쓰러졌다. 무공해 시절이라 논에는 메뚜기들이 많았다. 손에 잘 잡히는 느린 방아깨비와 빠른 벼메뚜기는 가을 풍경 속에 등장하는 주인공 같았다. 낫으로 벼를 베고 떨어진 이삭도 소중하게 주웠던 시절, 벼 한 알도 식구들의 양식이 되던 때라 참새 떼 쫓는 것도 일이었다. 허수아비도 만들어 세우고 새끼줄에 깡통을 매달아 소리를 내어 쫓기도 했다. 지금은 그리운 추억이 되었지만 그때는 죽기보다 하기 싫은 일이었다.

어린 나는 친구들과 마냥 놀고 싶은데 부모님 말씀을 거역할 수 없어 논으로 갔다. 지루한 시간을 메우는 것은 놀이가 아닌 메뚜기 잡기였다. 당시 지혜를 주었던 꿰미는 따로 필요하지 않았다. 매듭을 하지 않아도 되는 벼 이삭을 하나 뽑아 잡은 메뚜기 머리 부분을 끼웠다. 수수목처럼 가득해지면 풀섶에 손잡이 부분을 내려놓고 끝을 돌에 눌렀다. 그리고는 다른 꿰미로 새로 채우기 시작했다.

마음먹고 잡으려고 한 날은 양은 주전자를 준비하고 뚜껑을 여는 손잡이를 돌려 뺀 후 그 구멍으로 메뚜기를 집어넣었다. 들일을 하던 어른들도 새참이나 점심을 먹은 후 비워진 소주 됫병이나 사이다병에 짬을 내어 잡아넣기도 했다. 나오지 못하도록 병 입구를 막았으니 숨도 못 쉬고 엉겨있던 모습을 보면서 안쓰러운 마음은 있었지만 나만 하는 일이 아니기에 생명의 소중함은 잘 몰랐다. 그렇게 잡아 온 메뚜기는 냄비에 볶아 소금이나 간장으로 간을 맞추면 간식이 되었다.

그 후 벼도 쓰러지지 않게 키 작은 품종으로 바뀌어 수확이 많아졌고 비료와 농약을 사용하면서 메뚜기는 사라졌다. 그때의 아이였던 사람들은 도시로 나아가 그러한 추억도 옛일이 되어 잊혀 갔다. 음식 문화도 바뀌어 뷔페가 생기고 그곳에서 메뚜기 요리를 만날 수 있다. 대량으로 볶아놓은 것을 수입이라 하기도 하고, 따로 메뚜기만 키운 것이라 하는데 어느 말이 맞는지 모르겠다. 요즘은 고급 술안주로서 인기 음식이라고 한다.

윤기 자르르 흐르는 쌀을 생산했던 김포평야를 바라본다. 넓었던 대지만큼 메뚜기도 함께 했을 곳이 도시화를 하여 군데군데 건물이 들어서고 있다. 그래도 남아있는 들녘 논두렁 사이로 남편과 나는 비닐봉지를 준비해서 내려섰다. 벼 이삭을 건드린다고 주인이 야단치면 어쩌냐고 걱정했더니 메뚜기 잡는 것은 괜찮다고 남편은 논 주인처럼 말한다. 추억이 같다보니 오랜만에 의견 일치다.

논두렁과 둔덕길에서 메뚜기를 만난다. 벼 이삭과 풀섶에서 튀어나오는 메뚜기들은 생과 사의 갈림길에서 풀짝 거리고, 나는 추억 속에서 헛손질을 마구 해댄다. 메뚜기 등에 올라앉은 작은 메뚜기가 어미 등에 업힌 아기인 줄 알고 날려 주었던 그때의 일은 까맣게 잊고, 짝짓기하는 수놈까지 걸리는 대로 잡는다. 두 시간이 훌쩍 지나자 봉지에는 메뚜기가 바스락거린다. 예전에 엄마가 해주던 맛을 내고 싶어 집으로 가져왔다.

자동차 안에서 숨죽인 듯이 자던 메뚜기들이 집에 도착해도 바스락 소리가 없다. 운전에 피곤했는지 남편은 잠들고 나는 팬을 약하게 달군다. 혹시나 하고 봉지째로 팬에 올렸더니 고놈들은 미동도 하지 않는다. 기절한 줄 알고 이때다 싶어 봉지 입구를 가위로 자르고 툭툭 털었더니 아뿔사, 한 주먹이나 되었던 메뚜기들이 필사의 힘을 다해 튀어 오른다. 놀라고 당황해서 소리를 얼마나 질렀던지 내 소리에 더 놀란 남편이 일어나고, 아이들도 방에서 뛰어나와 한바탕 소동이 벌어졌다. 논에서 잡을 때보다 더 힘들게 집안에서 메뚜기 사냥이 이루어졌다. '그냥 날려 보내고 올걸' 때늦은 후회였다.

집으로 가지고 온 일에 벌을 받는 것만 같았다. 놀란 가슴을 한동안 쓸어내리게 했지만, 그해 가을 메뚜기 소동은 잊히지 않는다. 지금도 황금물결 일렁이는 들녘에 서면 추억 속에 고놈들이 툭툭 튀어 올라 입가에 웃음을 번지게 한다.

들깨밭 초대

　하루에 두세 장만 먹어도 몸에 좋다는 깻잎김치를 상에 올린다. 삼삼하게 양념한 깻잎이 아직도 싱싱해서 밭에서 막 따온 것만 같다. 한 잎 한 잎 떼어 밥숟갈에 올리면서 이것이 밥도둑이라고 이름 붙여본다.

　고소한 향이 가득한 깻잎을 그렇게 이름 붙이도록 해준 그녀가 있다. 삼복더위 물러간 여름 끝자락에 그곳으로 초대를 했다. 잠깐이지만 여행을 하듯 시외버스를 타고 간 곳은 그녀의 시댁 선산이 있는 밭이다. 화학비료를 쓰지 않고 유기농 거름으로 틈날 때 마다 내려가서 밭농사를 짓는 곳이다.

　도착한 밭에는 내 키만큼 자란 대궁들이 내 손바닥 만한 잎들을 달고 너풀거리며 주인을 반긴다. 꽃이 피기 시작하면 손을 댈 수 없다고 마지막으로 깻잎을 맘껏 따가라고 해서 동행한 것이다.

　그녀는 호미질 같은 펜으로 들깨 같은 열매를 맺어 열 가마나 수확한 수필가다. 글 농사만 짓는 줄 알았는데 그녀가 농사꾼으로 보여준다. 3년 동안 짬짬이 짓다 보니 이제 웬만한 것을 알 것 같다고 한다.

　어느 농작물이든 꽃이 피기 시작하면 발걸음도 줄여야 할 것 같은 생각이 와락 밀려온다. 자잘한 꽃송이들이 다닥다닥 붙어 있는 것을 보니 그렇게 신비롭고 아름다울 수가 없다. 나도 시골에서 깻잎을 먹고 농사짓는 부모님 곁에서 자랐다. 해마다 그 꽃을 수없이 보아 왔지만 그때는 왜 몰랐을까. 도시로 떠나와 살면서 흙이 주는 소중함을 알게 된 것이다.

　쉰이 넘어 흙을 만지며 살고 싶은 생각이 스멀거릴 때가 있었다. 텃밭 가꾸며 사는 시골집을 다녀오거나 나눠주는 작물을 먹으면 귀촌에 대한 생각이 몸살처럼 지나가기도 했다. 그러나 그녀의 깻잎 농사 이야기만 들어도 현실을 몰랐던 마음이 접어진다. 지난봄 깻잎 모종만 해도 몇 차례를 했다고 한다. 심어놓으면 햇볕에 뿌리내리지 못하고 말라 죽어 날씨와도 인연이 맞아야 한다는 자연의 섭리다.

　챙이 있는 모자를 쓰고 농부 차림으로 변신한 그녀는 나보다 손놀림이 빠르다. 한 잎 한 잎 정성을 모아 딴다. 꽃송이들이 다치지 않도록 손끝에 마음을 모은다. 영양 가득한 먹을거리가 식탁 위에 올려질 거라 생각하니 흐뭇한 마음보다 손이 먼저 부지런 떤다.

그녀의 정성과 함께 가꾼 밭에는 딱정벌레와 무당벌레 등이 공존하고 있다. 긴 바지를 입고 팔에는 토시를 꼈지만 온몸 살갗이 따끔거린다. 모기와의 전쟁 속에서도 풀벌레의 노랫소리는 가려움을 잊게 한다.

깨꽃들이 떨어질까 봐 밭 안으로 들어가지 못하고 가장자리만 맴돌며 손을 놀려도 풍성하게 딴다. 똑똑 소리가 살갑다. 비닐하우스가 아닌 노지에서 햇빛을 받고 자라 그런지 싱싱하고 향이 진하다.

다닥다닥 붙은 꽃들이 지고 소르르 열매가 영글어지는 가을이면 탱글한 알들이 그녀의 손길과 만날 것이다. 쏴아 쏴아 벌레들과 함께 차르르 털어질 것이다. 흠흠 코끝으로 맡은 깻잎 향과 대화를 하다 보니 흠뻑 젖은 땀방울에 늦더위도 잊었다. 시간은 흘러서 어둠이 슬금슬금 밭머리까지 내려오고 있다. 나와 반대로 무서움도 잊은 것 같은 그녀를 멀리서 본다. 순간순간 열정 속에 사는 그녀를 다시 한 번 보게 되었다.

힘들게 지은 농사 밭에 누구나 초대를 하지 않는다는 그녀는 글밭에서 인연이 시작되었다. 오래전 인연 문학 길에서도 앞서가는 그녀지만 새로운 모습을 보게 한 하루다. 고추며 호박이며 방울토마토며 마음껏 따 가라고 한다. 하지만 늘 손과 마음이 작은 나는 우두커니 서 있기만 했다. 친정 언니처럼 챙겨주는 보따리에는 고추, 가지, 호박, 고구마 줄기, 참비름 등이 가득하다.

가져온 보따리를 집에 와서 펼치니 텃밭 한 귀퉁이를 옮겨놓은 것 같다. 향기가 있는 그곳에서 보낸 짧은 시간이었지만 소중한 농촌체험이었다. 한동안 잊지 못할 것 같은 들깨꽃 피는 밭의 초대, 그곳에서 그녀가 내면에서 가꾸는 큰마음까지 훔쳐본 하루였다.

　매일 한 가지씩 요리하며 들깨밭의 향기를 즐기고 싶다. 그중에서도 깻잎은 칼슘, 철분, 무기질, 등 각종 비타민이 있는 식품이다. 특유의 향 때문에 싫어하는 사람도 있고 좋아하는 사람도 있다. 생선회와 싸 먹으면 식중독 예방도 된다고 한다.

　어릴 적에는 냉장고가 없었다. 소금물에 삭혀서 가을에 김치를 담그기도 하고 된장에 넣어 장아찌로 먹기도 했다. 지금은 냉장고가 있어 예전처럼 짜지 않게 먹을 수 있다. 성인병도 예방한다는 깻잎의 효능을 그녀처럼 밥숟가락 위로 초대한다.

이불

온난화가 되어가고 있어 겨울이 늦게 오고 있다. 김장을 막 끝내고 여유로움에 티브이를 켠다. 영하로 떨어진 날씨를 겨냥하는지 홈쇼핑 채널마다 이불 광고가 한창이다. 종류도 다양한데 그중에서 감촉이 부드러운 극세사가 겨울에는 인기인 것 같다.

정규방송을 보려고 켰는데 이불 광고에 먼저 눈길이 머문다. 몸에 좋다는 음식은 관심도 없다가 새로 나온 신상품의 이불을 보니 구입하고 싶어진다. 할인가를 강조하는 광고에 충동구매를 자제하며 채널을 돌린다.

장롱에는 시집올 때 가져온 이불 두 채가 있다. 엄마가 손수 만들어 주신 목화솜 이불이다. 지금보다 난방 시설이 잘되지 않았던 그때는 없으면 안 될 만큼 소중하게 덮고 지냈다. 그러나 지금은 장식용처럼 보관만 하고 있다. 따뜻하지만 무거워서 사용하지 않은지 오래되었다. 장마철을 비켜서 가끔 바람이나 쐬어주지만 버릴 수가 없다. 딸아이도 주변 사람들도 자리만 차지한다고 버리라고 하지만, 아직은 엄마의 손길을 느끼고 싶어 두고 싶다. 나중에 내가 먼 길 갈 때쯤 정리하겠다고 올해도 그러한 말들을 흘려들으며 또 겨울을 맞는다.

어릴 적에 겨울은 유난히 추웠다. 대청마루 건너편 방에는 할머니가 기거하시고, 사랑방에는 아버지가, 안방에는 우리 형제들이 지냈다. 엄마가 시집올 때 가져온 이불은 우리가 덮었다. 검정과 붉은색을 잇댄 겉천에 하얀 광목천으로 안감을 감싼 홑청이었다. 붉은색 부분이 머리 쪽이라 가슴까지 끌어당기며 우리는 쑥쑥 자라는데 늘 그대로인 이불은 항상 폭이 모자랐다. 아랫목에 잠들어 서로 밤새 이불을 끌어당기다 보면 아침이 되곤 했다. 새벽에 일어난 엄마는 식어가는 아궁이에 불을 지피고 메케한 연기가 스며드는 방안은 따뜻해져 이불 속으로 나는 더 파고들었다.

겨울이면 속내를 드러내지 못했던 일도 있다. 할머니 방에는 이불 한 채가 더 있었다. 그런데도 우리에게 주지 않았다. 그것은 반닫이 장 위에 큰 보자기로 덮어두었다. 빨강과 녹색의 비단으로 하얀 홑청의 이불은 장식용이었다. 그 이불이 방바닥에 내려올 때는 우리 집에 손님이 왔을 때다. 손님이 가고 나면 곱게 개어서 반닫이 장 위에 올라가 있었다. 덮고 싶다는 말도 못하고 보낸 그 겨울이 가끔은 생각난다.

겨울이 오면 이불로 다가오는 사람들이 있다. 세상 낮은 곳에서 일하는 사람들이다. 서로 부딪히며 이불이 되어주는 그들의 온기 앞에서 가슴이 훈훈해진다. 새벽에 신문을 현관 앞에 두고 간 배달원과 집 앞 쓰레기를 치워주는 청소원들이다. 내가 따뜻한 이불 속에 누워있을 때 먼저 일어난 그들이 있기에 겨울은 따뜻하다.

겨울을 맞는 노숙자들의 일상이 올해도 신문 한켠에 실려 있다. 저마다 말 못할 사연이 있겠지만 마음을 아프게 한다. 차가운 콘크리트 바닥에서 가림막 정도로 신문지나 박스를 이불 삼아 덮고 겨울을 난다고 하니 말이다. 언제쯤 따뜻한 가족의 품으로 돌아갈까. 그리고 나는 누군가에게 이불이 되어준 적이 있었던가. 깊은 생각에 젖어있는데 장롱 안의 이불이 서로 눌려 빼꼼 문이 열린다.

활짝 장롱문을 열어 눌려있는 솜이불을 가만히 만져본다. 엄마는 딸들을 시집보낼 때마다 손수 이불 두 채씩을 만들어 주었다. 한 땀 한 땀 꿰매면서 어떤 마음이었을까. 시침 마디 마디마다 시집살이의 고뇌를 그리고 미래를 걱정했을 것이다. 소소한 서운함은 안으로 감추고 가족부터 챙기며 따뜻한 마음의 이불이 되라고 기원했을 것이다. 그것이 내게 묻고 있는 솜이불에 스며있다.

엄마를 따라 목화밭에 간 적이 있다. 솜을 채취하는 일이 하기 싫다고 투정 부린 그때의 어리광이 지금은 무척 그립다. 그리고 엄마 품은 막내에게 양보하고 언니와 등 뒤라도 서로 차지하려 했던 그 시절이 아련하다. 살 부비며 다투기도 했던 형제들의 온기가 그리워 오늘은 솜이불을 펴고 자야겠다. 가위눌림도 없이 꿈속에서는 목화밭이 펼쳐질 것만 같다.

두부 이야기

김이 모락모락 나는 두부를 보면 남편 친구가 떠오른다. 지금도 술에 대한 이해가 부족한 내 마음을 헤아려 주지도 않고, 신혼 시절 친구들이 자주 와서 술상을 차리게 했다. 두부를 양념장에 찍어 먹는 것을 좋아했던 그는 지금 이 세상에 없다. 막걸리와 두부만 있으면 세상의 행복을 다 끌어안은 것처럼 좋아하던 그는 젓가락질이 서툴렀다. 말하기 전에 먼저 나무젓가락을 상에 놓아주면 호방한 웃음으로 즐거움을 주었다.

두부 반찬을 먹는 날이면 남편보다 내가 먼저 그의 얘기를 꺼낸다. 남편과 달리 성격이 좋고 유머가 있어 친구들이 좋아했다. 항상 밝게 살아 건강에 이상이 있을 거라곤 아무도 예상치 못한 일이었다. 건강을 잃고 먼 길 떠난 지 오래되었지만 보고 싶을 때가 있다.

안양 유원지에 가면 주차장 맞은편에 초당두부집이 있다. 오래전부터 들리곤 했는데 집을 고친 것만큼 손님도 여전히 많다는 것이다. 무엇 때문에 그 집을 찾게 하는지 고급 승용차를 타고 와 어울리지 않게 순두부 뚝배기 뚝딱 비우고 가는 이의 뒷모습도 보게 된다. 값이 싸면서도 배가 부른 일석이조가 어디 있겠는가. 산행하고 내려와 먹는 순두부의 맛은 배부름과 영양식도 함께 준다.

얼마 전까지만 해도 시댁은 두부를 집에서 만들었다. 농사지은 콩으로 만들어서 그런지 더 맛이 있었다. 만드는 과정은 잘 모르지만 시댁에서 어머님과 큰형님이 만드실 때 가마솥 아궁이의 연기를 맡으며 불을 땐 기억은 있다. 큰 나무 주걱으로 눋지 않게 저어야 하고, 간수를 맞출 때까지 불의 화력과 온도를 맞추며 정성을 들여야 하는 일이 쉽지는 않았다.

그러고 나서 무명 자루에 담아 커다란 돌을 눌러놓았는데 물이 빠진 후 자루를 열어보면 단단하고 고소한 두부가 되어 있었다. 초고추장에 찍어 먹는 맛도 좋지만 떡국을 끓일 때도 넣고 제사상에 올릴 탕국에도 넣는다. 큰아이를 임신했을 때 추석을 보내려고 시댁에 갔는데, 어머님과 형님이 두부 만드는 것을 보고 입덧이 멈추는 것 같았다. 어디서 용기가 나왔는지 차례상에 올리기 전에 어머님께 먹고 싶다고 했더니 초고추장으로 무침을 해 주셨다. 임신했을 때는 힘들기도 하지만 대우받는 것도 그럴 때가 아닌가 싶다. 지금껏 그때만큼 맛있게 먹은 기억이 없는 것을 보면 말이다.

선생님과 문우들이 야외 수업 겸 산행을 했다. 염불암에 있는 주차장에 차를 두고 상불암 가는 길과 삼막사를 돌아서 다시 염불암까지 오는 산행을 했다. 세 시간 정도의 산행을 하고 내려와 먹는 점심은 반찬이 따로 없을 정도다. 선생님의 두부 사랑은 끝이 없다. 유원지 산행이나 문학모임 등의 일이 있으면 초당두부 집을 주로 이용한다. 채식인 체질도 있겠지만 저렴한 가격의 음식을 선호하신 것이다.

콩이 우리에게 주는 영양이 크기도 하지만 질리지 않게 하는 음식이기도 하다. 언젠가 남양 쪽을 가다가 먹었던 순두부집도 기억에 남아있다. 새우젓과 고춧가루를 넣고 끓인 두부탕과 콩비지로 만든 찌개가 맛이 있어 집에서 한번 끓여 보았지만 그때만큼 맛이 나지 않았다. 수리산 산행을 하고 내려와 먹던 흑두부집이 있었다. 직접 그곳에서 만든다고 했는데 선생님도 자주 들리는 집이라고 했다. 문학기행을 떠나기 전에 늘 사전 답사를 하며 꼭 그 지방의 먹을거리도 알아 온다. 두부 좋아하는 마음이 영 순위라 하니 선생님 두부 사랑은 언제까지 계속될 것인지 모를 일이다.

두부는 우리 생활에서 친근한 음식이다. 갱년기에 접어든 여성과 노인에게도 필수적인 음식이라고 한다. 하루 한모의 두부가 칼슘을 보충하는 영양이 들어 있어 따로 약 먹을 필요가 없다 하니 그만큼의 영양을 담고 있는 순두부집은 값도 맛도 배

부르게 한다.

고향 친구의 자녀 결혼식이 있어 진주에 다녀왔다. 오랜만에 만난 친구들과 남강 주변에 있는 식당에 갔다. 한 친구는 두부를 내게 많이 먹으라 하면서 본인은 먹지 않는다. 이유인즉 결혼 후 여태까지 시어머님이 집에서 만들어 준 두부만 먹었다고 했다. 지난해 세상 떠나신 후 이제 먹을 수 없게 되었다며 아쉬움을 표한다. 가게서 파는 두부는 아직 입맛에 맞지 않는다는 애기 속에 어머니와의 행복했던 추억이 전해진다.

덧나지 않는 추억

오른쪽 종아리에 검지 길이만 한 흉터가 있다. 초등학교 때 그네를 타다가 생긴 것이다. 바람을 가르며 오르는 묘미의 그네는, 줄을 서도 차례가 오지 않아 일찍 등교하거나 하교 시간까지 기다려야 탈 수 있었다.

그날도 하교 종소리가 꽃잎처럼 날릴 때까지 타다가 급한 마음에 잘못 내려 그네를 고정한 철사에 긁혀 상처가 난 것이었다. 지금 같았으면 병원에서 몇 바늘 꿰매었을 상처를 혼자 지혈을 하고 어둠 내린 개울에서 무서움도 핏자국과 함께 씻었다. 늦은 귀가로 내색하지 못하고 감추며 삭혔던 흉터, 내가 만든 것이었기에 누구에게 원망할 수 없는 내 몫으로 남았다.

주변에는 늘 크고 작은 사고가 일어나고 있다. 어떤 사고든 간에 후유증은 마음의 병을 일으킨다. 많은 사고 중에 화상은 치료도 힘들고 고통스러우며 치료가 끝나도 흉터가 크게 남는 다고 했다. 언젠가 아는 분의 병문안을 간 적이 있다. 직장에서 화상을 당한 환자는 상처 부위를 붕대로 감은 모습이 진물이 흘러나와 보기에도 여간 안쓰러운 것이 아니었다. 그나마 얼굴은 비켜 가서 옷으로 가릴 수 있는 몸 안이라 다행이라 했다.

병원 생활을 끝내고 퇴원 후 그를 이해하고 보듬는 반려자를 만나 가정을 꾸리고 잘 산다는 소식이 들려왔다. 오월에 핀 장미보다 아름다운 그들의 삶이었다. 사고 전에 만난 연인이었다 해도 흉터를 감싸주고 가족이란 결실로 맺기까지 어려움이 많았을 것인데 부모의 반대도 껴안은 그녀의 용기 있는 사랑이 오래 가슴에 머물렀다.

살면서 예고 없이 오는 이별이란 아픔이 있다. 부모와 자식의 인연으로 만나 행복했던 삶이 자식이 먼저 떠나갔을 때 부모에게 남겨진 상처다. 부부인연으로 만나 남편이 먼저 떠날 때는 남은 자식들이 힘이 되어 살아가는데, 자식이 먼저 간 자리는 부모의 가슴속에 세월도 치유할 수 없는 아픔이 상처가 되어 남는다.

가까운 사람끼리 눈에 보이지 않는 상처를 주고받는다. 무심코 던진 말이 화가 되기도 한다. 외적으로 당한 사고는 상처가 보이고 흉터도 남지만 말로 가한 상처는 눈에 보이지 않는다. 따뜻한 마음의 기운은 가슴에만 머물러야 편안하고 정상이라 했다. 하물며 나쁜 말이 가슴에서 입으로 머리까지 오를 때는 본인도 상대방도 화상을 입는다.

　어릴 적 일찍 집에 가지 않고 급한 마음에 내가 낸 종아리의 흉터를 보면서 원망할 수 없는 것이 다행이었다. 얼굴에 그런 상처가 남았다면 어떠했을까. 그때 다른 사람으로 인해 생겼다면 흉터를 볼 때마다 원망하는 마음이 떠나지 않았을 것이다.

　살면서 서로가 말을 하지 않고 살 수는 없다. 상대방과 이해 차이가 있을 때는 그 마음이 아물지 못하고 덧나기도 한다. 흉터와 상처가 공존하는 인생의 길 위에서 사랑이란 이름 아래 내 가족부터 상처를 주었던 일들도 얼마나 많았던가. 가까워서 먼저 이해 받기만 바랐던 날들을 하나하나 지워가는 나이에도 불쑥 솟는 마음의 불을 꺼가며 사는 것도 쉽지가 않다.

변해가는 명절 풍경

　시댁 부모님과 친정 부모님이 다 먼 길 가시고 대가 갈린 마당에도 남편은 명절 때 고향에 가지 못하면 허전한 마음에 몸살을 한다.

　늦더위와 함께했던 지난 추석에는 미리 도착해서 큰 질부를 도왔다. 형제들이 많다 보니 차례상에 올릴 음식보다 가족들이 먹을 음식 장만에 많은 시간을 들인다. 질부는 도시가 고향이지만 시집와서 시골집에 정착한 지 10년이 넘었다. 부업으로 하는 일도 있어 힘들 텐데 큰며느리 노릇을 잘하고 있다. 나는 손님맞이 할 일이 있으면 쩔쩔매곤 하는데 제사상 차림도 척척 해낸다.

　음식 만드는 일을 돕고 나서 여유가 있어 남편과 뒷산으로 올랐다. 지금은 경운기가 다니도록 길을 넓혀 큰집 밭까지 포장

되어 있지만 예전에는 길이 없어 샛길이었단다. 그 길을 오를 때면 풀섶에 옷 젖으며 지게 지고 오르던 남편의 옛이야기가 여지없이 이어진다.

이제는 큰 시숙도 먼 길 가시고 형님은 힘에 부쳐 예전처럼 밭일을 못 하신다. 그러다 보니 밭농사 대신 조카는 왕감나무와 석류를 심었다. 석류는 열매를 맺기 시작했고 왕감은 수확을 하고 있다. 철이 이른데도 올라오니 먹을 것이 많다. 예전 같으면 서로 먼저 먹으려고 다투었을 홍시가 떨어져 있어도 주워가지 않고 있다. 깻잎도 따서 봉지에 넣고 단감도 딴다. 밤나무 아래서는 줍는 재미에 모기에게 물리는 것도 잊는다.

추석날은 이른 아침부터 분주하다. 시아버님이 차남이라 제사를 세 번째로 지낸다. 먼저 지내는 큰집은 식사까지 하고 두 번째 집은 다과 정도만 음복한다. 그래서 우리 시댁은 여유를 가지고 지내며 상물림도 늦다. 그 후 성묘도 다녀오고 바쁜 사람은 그날 오후에 떠나기도 한다.

집집마다 조카며느리들은 한복을 입고 차례상을 차리고, 형님들은 그 모습을 흐뭇하게 바라보고 있다. 그 사이에서 나와 아랫동서는 젊은 할머니가 되어 엉거주춤하게 서 있다. 정이 있고 덕담 속에 추석을 보내지만, 형님들마저 가시고 나면 어떻게 될까. 그리고 내 아이들이 결혼하고 새 가족이 생겼을 때에도 남편이 지금처럼 고향에 내려오지 못하면 몸살을 하게 될지 혼자 생각에 젖는다.

우리들의 부모님 세대는 힘들게 살았지만 큰며느리는 제사를 버리지 않고 책임을 다했다. 그러나 제사를 효도로 받아들이던 세상은 변하고 있다. 종교가 서로 다른 집안끼리는 제사의 의미도 각기 다르게 해석한다. 점점 세시 풍속이 간소화된다고 할까. 결혼해서 처음 시댁에 갔을 때는 시아버님의 기일은 큰 행사였다. 지금도 마을 회관까지 음식을 나누어 먹긴 하지만, 그때는 마을 분들이 먼저 제삿날을 알고 있어 아예 잔치 같았던 시댁 마을에도 문화가 바뀌어 교회가 들어왔다.

　질부는 그곳에 가야 같은 또래를 만나게 된다며 아이들과 교회에 나간다. 엄했던 시댁의 법도 변해가고 큰형님은 며느리와 손자들 사이에서 무종교가 되어 사신다. 질부는 제사가 1년 내내 있는 일도 아니니 가족이 모이면 재미있지 않냐고 속 깊은 말을 한다.

　그 마음을 조금이라도 알게 된 것은 큰며느리 자리의 친정어머니를 보면서 자랐기 때문이다. 그래서 큰집에 가면 음식은 못해도 설거지라도 도우려고 부지런히 손을 움직인다.

대나무 평상

시골 살림을 정리하고 아들 집으로 오신 작은아버지는 평상 한 개를 버리지 못하고 옮겨와 베란다에 두었다. 대나무 베개와 얇은 이불까지 깔아놓고 창밖을 보면서 시간을 보내신다.

백화점 쇼핑을 할 때면 발길 붙잡는 코너가 있다. 예전에는 상상도 못했던 상품들이 즐비하게 진열되어 있고 무료 체험까지 할 수 있는 건강 의자도 있다. 비스듬히 누워서 버튼만 누르면 온몸을 주무르고 안마까지 해준다. 편리하고 안락한 의자는 깊은 수면으로 안내하기도 하고 한번 앉으면 일어나기 싫을 때도 있다. 그러나 만만찮은 가격이어서 구입하고 싶은 마음을 그만 접는다.

어릴 적에는 여러 기능을 하는 평상과 같이 지냈다. 여름이면 그늘 따라 이동하며 식구들이 둘러앉아 식사하는 장소가 되기도 하고 마을 사람들이 놀러 오면 걸터앉아 정담을 나누기도 했다. 가을이면 고추를 말리고 목화솜과 여러 가지 나물거리를 말리기도 했다. 대나무 사이로 통풍이 잘되어 집집마다 한 개씩은 보유하고 있던 생활의 필수품이기도 했다.

세상의 지위가 의자에서 좌우되고 증표가 되기도 한다. 드라마에서 보는 중후한 색의 푹신한 회전의자는 눈으로 보고 마음으로나 앉아보지만, 현실에선 누구나 그런 지위에 앉고 싶고 대우받고 싶은 의자가 아닐까. 그런 의자들은 푹신해서 한번 앉으면 일어나기 싫을 것 같다.

그러나 대나무 평상은 오래 앉아있으면 엉덩이가 아프다. 눈으로 정감을 주면서도 일어나야 하는 부지런함을 주기도 한다. 일흔이 넘으신 작은아버지는 손수 만드신 평상과 많은 세월을 같이 했다. 시골에 사실 때는 동네 사람들의 의자 역할도 하게 했고, 오가는 사람 걸터앉아 정담도 나누었다. 시골집의 살림을 정리하면서 버리지 못하고 도시로 가지고 온 평상, 작은집에 가면 거실보다 베란다에 있는 평상에 먼저 앉는다. 결마다 작은아버지의 손길이 스며있고 내 유년의 기억도 촘촘히 누워있기 때문이다.

그런데 요즘은 변함없이 평상을 대하는 작은아버지 모습에서 쓸쓸함이 밀려온다. 언젠가 먼 길 떠나시고 나면 사촌 동생이 버리지 않고 간직할까. 버리게 된다면 서운할 것 같아 내가 갖고 싶다고 말하고 싶지만 시골집처럼 마당이 있는 것도 아니고 둘곳이 없으니 그 또한 마음을 접는다.

　집 주변에 산책하러 나가면 작은 공원에서 여러 의자를 만난다. 사각이 같은 평평한 것도 있고 긴 의자도 있다. 다리는 철제로 세웠지만 나무로 만든 의자들은 도시에서 정감을 준다. 산책길에 만나는 의자에 다른 사람이 먼저 앉아있으면 쉽게 다가가지 못하고, 고향마을 어른들께 인사하듯 그렇게 되지가 않는다.

　내가 좋아하는 의자는 느티나무 아래 있는 둥근 나무의자다. 나무를 보호하듯 둥글게 만들어 보기도 좋다. 연인들이 앉아있는 것을 보면 풋풋해서 슬쩍 비켜 주기도 하고, 술에 취한 사람이 쉬고 있을 때는 맞닥뜨리고 싶지 않아 슬그머니 뒷걸음치는 의자다. 할머니들이 앉아있을 땐 같이 앉기도 하고, 비어 있을 때는 한 번쯤 앉아보는 의자, 그곳 나무 아래서는 고향마을의 평상처럼 편안하다.

　누구나 앉을 수 있도록 만들어 놓았지만 경계의 두려움은 늘 선이 그어진다. 공공장소에서 공동으로 사용하지만 사람과의 정다움은 멀리 있을 때가 있다. 혼자만 앉을 수 있는 의자처럼 문명이 발전할수록 마음은 외딴 섬처럼 고립되어 가는 것은 왜일까.

　둥근 나무의자에 앉을 때는 혼자서 말 걸기를 한다. 낯선 사람보다 오히려 편하기 때문이다. '나는 얼마나 많은 사람의 사연들을 들으며 내 품을 열어주었을까'라고. 등 돌리고 걸터앉

아도 따스한 마음이 통하던 대나무 평상, 그 여름밤이 마냥 그
립다.

3부 무늬를 넣은 그림

신 자격증 시대

　명절이 다가오니 부모님 없는 빈자리가 밀물처럼 밀려와 허전하다. 효도는 못해도 걱정 끼쳐드리는 일만은 하지 않겠다고 살았는데, 받는 마음은 어떠셨는지 먼 곳에 계시니 여쭈어볼 수도 없다. 그나마 마지막 모습만은 지켜 드린 일이 불효에서 벗어난 것이라고 위안 삼으며 명절을 맞는다.

　아이들과 마음이 통하지 않고 의견 충돌이 있을 때는 서로 몸살을 한다. 여유 있게 기다릴 줄 모르고 서운해서 마음이 상한다. 언제 철들 거냐고 타박하면서 지난날을 돌아보게 된다. 요즘 아이들은 예전보다 철이 늦게 든다고들 하지만 나도 부모님 소중함을 안지가 얼마나 되었다고 스스로를 책망하기도 한다.

　예전 어머니들은 시집와서 십 년 동안 상복을 입었다는 분도 많았다. 시댁과 친가 어른들이 세상 떠나실 때 삼년상을 치르고 나면 또 이어지고 해서, 상복 벗고 나니 새댁시절이 흘러가 버렸다는 것이다. 광목으로 된 무명옷을 입고 아이들까지 키웠으니 그 고초는 이루 헤아릴 수 없다. 그 시절 어른들은 당연한 일로 받아들이고 살았다지만 요즘은 상상도 못 할 일이다. 그런 힘은 어디서 나왔을까 반문하면서, 부모님께 잘하려는 마음은 옅어지고 자식에게 마음이 먼저 간다.

순리대로 받아들이던 명이 이제 의료 혜택으로 길어지고 있다. 그러나 노년은 예나 지금이나 외롭고 아픔은 힘들다. 태어날 때 울음으로 태어났지만 떠날 때는 맺어놓고 간 인연들이 울음으로 대신한다. 오복 중에서 마지막 복을 잘 타고 난 것이 제일 큰 복이라 했다. 언제 어떻게 다가올지 모르지만 평소 마음가짐은 내 삶을 후회 없도록 사는 것이 아쉬움을 덜 갖는 것 아닐까 싶다.

자식이 하지 못하는 일들을 다른 사람이 해주는 세상이 되었다. 요즘 신문 속에는 온통 자격증을 알리는 광고다. 그중에서 간병인 자격증도 21세기 직업으로 자리매김하고 있다. 노인 전문 병원이 생기고 전문 장례식장도 생겼다. 집에서 임종을 맞고 장례를 치르던 풍습도 사라지고 있다. 노인병원은 치료목적보다 가족의 힘을 덜어주는 역할을 해주는 곳으로 바뀌었다. 환자를 돌보는 간병인이 간호하며 가운도 흰색이 아닌 색으로 친근감을 주도록 입었다. 식사며 기저귀 갈아 채우는 것 등, 숙련된 손길로 가족보다 더 위생적으로 잘하고 있다.

아무리 건강과 젊음을 도와준다는 보약이 효과라지만 광고처럼 효자는 되지 못한다. 늙어가는 순리 앞에 내 마음 다스림이 보약이고 효자가 아닐까 싶다. 젊은 주부들이 간병인으로 번 돈이 시부모의 간병인 비용으로 들어간다는 얘기도 들리는 현실이니 어느 것이 좋은 일일까.

경험해보지 않은 일이지만 어른들께 들은 얘기로는 환자가 숨을 거두기 직전까지 말은 못해도 귀는 열려 있다고 했다. 그 자리에서는 좋은 이야기만 나누라고 간병인도 말해 준다. 그래서 평소 서운했던 일은 서로 풀고 고마운 일은 마음이라도 전하고 이승을 매듭짓는 것이 좋다고 했다. 그 모습을 보면서 원망이나 슬픔보다 미래의 내 모습으로 생각하면 더 잘 살아야겠다는 마음 다짐을 한다.

그래도 요즘 어른들은 의식이 변해서 노인병원에 입원시켜주는 것만도 효자라는 이야기를 하니, 당사자들도 받아들이고 있다. 평소 자녀와 사이가 좋았거나 형제들 우애가 돈독했던 가정은 마지막을 소리 없이 장례를 치르는데, 그렇지 않을 때에는 장례식장과 병원에서 다투는 모습도 종종 본 적 있다. 떠나는 사람을 위해 그 일만은 예의가 아닌 것 같아 가슴 아픈 적이 있었다.

신문화 시대에 간병인 자격증을 따고 싶은 적 있었다. 그러나 내 부모님처럼 할 수 없을 것 같았고 상업화되는 현실 적응이 더 힘들 것 같아 마음을 접었다. 모든 것이 자격증 시대지만 자식과 부모 사이에는 어떤 자격증이 있어야 할까. 때로는 몹시 소중해서, 때로는 매우 행복해서, 때로는 너무 힘들어 그러면서 살아가는 끈이 아니던가. 그 인연의 끈에는 자격증이 있을 수 없다.

어려운 시절도 겪어보았고 힘든 부모님 세대를 읽은 적도 있다. 마흔이 넘으면서 인생의 마무리는 내가 하는 것이라고 마음을 다진다. 가까운 사람은 너무 앞선 생각을 한다고 면박을 주지만, 지금 내 마음은 내가 뿌린 씨앗은 마무리하고 싶다. 부모와 인연으로 만난 내 아이들이 품을 떠나 자리 잡을 때까지 부모로서 도와주는 일이 남아있다. 그러면서 서서히 끈을 놓는 것, 서로 홀로서기와 홀로 가는 자격증을 따야하는 것이다.

새로운 버릇

　지난겨울 한동안 감기를 앓았다. 쉰이 넘으면 독감도 예방접종 대상이라는데 웃으며 흘려버린 말이 실감났다. 빨리 낫고 싶어 비타민 주사까지 맞았지만 인내만 안겨준 후 물러갔다. 하루세 번 졸음이 오는 것을 참아가며 약을 먹다 보니 아예 쳐다보기도 싫었다.

　밥이 보약이라는데 어릴 적에 잘 먹지를 않아 그랬는지 부모님은 나를 형제 중에서 제일 약하다고 했다. 원기소라는 영양제와 철분제도 같이 먹었다. 부모님 사랑을 특혜로 받았는데도 약먹는 일이 정말 힘들었다. 지금도 약을 잘 넘기지 못하는데 그때는 더 큰 고역이었다. 겨울에는 마루에 떠 놓은 물이 차가워 싫었고 큰 사발에 담긴 물을 다 마셔도 입안에 알약이 그대로있어 야단을 맞았다. 아무리 물을 마셔도 약이 넘어가지 않는 날은 혀 밑에 감추고 용변 본다는 핑계로 나와 거름 쌓인 헛간에 버린 적이 한두 번이 아니었다.

이웃집 아이는 원기소의 고소한 맛이 좋아 부모님께 야단을 맞으면서도 동생 몫까지 몰래 먹었다고 했는데 나는 오히려 고소하다는 맛이 비위에 맞지 않았다. 철분제라는 약은 목에 걸리기만 해서 약에 대한 거부감을 안고 있었다. 그래서 건강하다는 자신감으로 우기며 살아왔다.

생전에 엄마는 몸에 좋다는 약초를 선호할 때 이해를 하지 못했다. 마을에 약장수들이 오면 사 두었다가 사위들이 오면 챙겨주곤 했다. 그런 엄마 마음을 달갑게 받지 않은 적도 있었고, 이웃에 놀러 가면 약봉지가 식탁 한켠에 수북이 쌓여 있는 것을 보면서 이해가 되지 않은 적도 많았다.

누구나 체질에 따라 몸 한 곳은 좋지 않은 곳이 있다고 한다. 지병의 예방을 위해서나 아니면 치료로 약을 복용하는 사람도 있다. 약도 양면성이 있어 한 곳을 낫게 하면 한 곳은 나빠진다는 것이다. 적절한 복용은 몸을 이롭게 하지만 지나치면 해가 된다는 약의 효능이라 한다.

사십 대 후반부터 몸은 많은 변화를 주고 있다. 몸뿐만 아니라 정신에도 변화가 왔다. 갱년기가 시작되는 줄도 모르고 쓰러져 가족에게 걱정을 안겨 주었다. 그날부터 약을 친하게 받아들이게 되었다. 암과는 무관하다는 식물성 호르몬제를 복용하기도 했지만, 해가 갈수록 몸의 신호는 다양하게 나타난다. 무릎이 시큰거리고 체중이 늘어가며 뭔가 허전해서 잘 하지 않았던 군것질이 늘어갔다. 그리고 몸이 무거워지며 게을러졌다.

쌀값보다 비싼 약을 사게 되고 몸에 좋다는 약들이 하나씩 쌓여간다. 몸에 기본이라는 혈액순환제와, 뼈를 튼튼하게 한다는 홍화씨환, 몸을 따뜻하게 한다는 인진쑥환, 등 모두 국산이라는 내용까지 확인하고 사 온 약들이다. 하루 한 알 먹으면 좋다는 비타민까지 식탁 한켠을 차지하고 있다. 먹을 때마다 물과 씨름을 하면서 어느새 의존하게 되었으니 나 자신도 깜짝 놀라곤 한다.

정기검진 날 병원에 가면 몸의 순리를 받아들이고 내가 하고 싶은 일을 하면서 살라고 권한다. 의사 선생님 말씀대로 좋아하는 일도 하고 있지만 마음이 게을러지고 막막해질 때가 있다. 나만 이런 현상을 맞이하는 것은 아닌데 힘들 때가 있다. 같은 연배는 갱년기가 뭔지도 모르고 넘어갔다는데, 어릴 적에 어머니가 먹으라고 했던 음식과 약을 꼬박꼬박 먹었더라면 일찍 다가온 갱년기를 조금은 늦출 수 있었을까. 내게 의문을 던져 보기도 한다.

지금도 형제들이 모이면 그때의 약 이야기를 하며 한바탕 웃음바다가 된다. 그러나 약 사건은 추억이 되었지만, 몰래 버린 거짓말의 대가를 지금 받는 것 같은 날은 딸아이가 어릴 적 나처럼 약을 잘 먹지 못하는 것을 볼 때다.

건강하다고 자신 있게 우기며 지나왔던 날들이 허물어지고 있다. 신문을 펼치면 약에 대한 광고 문구에 눈길이 먼저 머문다. 세상일도 몸의 변화도 그러려니, 자식 일도 그러려니 하면서 살아가라 하지만 마음 다스림이 쉽지 않다. 그런데 요즘은 멀리 했던 약을 향해 손이 먼저 가는 새로운 버릇이 생겨 버렸다.

나눌 수 없는 몫

봄꽃들이 주는 설렘을 안기도 전에 이별 소식부터 들려왔다. 어머니를 먼 곳으로 보낸 친구의 소식은 내 어머니 때의 일이 떠올라 종일 서성거리게 했다.

아버지의 오랜 병석을 지켜보며 수발을 든 것은 어머니였다. 가슴 안으로 삭혔던 날들 속에 병이 같이 자라고 있었던 것도 모르고, 형제들이 모인 자리에서 '요즘은 세상이 여든까지도 사는데 그때까지 살면 너희가 힘 안 들겠나?' 하셨는데 그 해 먼 길을 떠나게 되었다.

병명을 알리지 않아도 병원 생활에서 스스로 알아버린 어머니는 진통제와 불심으로 마지막 길을 순리라고 받아들이셨다. 그 모습을 지켜보며 아무것도 대신할 수 없던 시간들이 살아오면서 힘들었다. 마음의 여유가 없어 아무것도 하지 않던 날들이 이별을 준비한 시간이었다. 그 후 어떠한 슬픈 소식에도 의연하려고 하지만 마음이 흔들린다.

부모는 자식이 희망이고 삶의 끈이기도 하다. 자식과 마음이 잘 맞는 가족도 있지만 그렇지 않은 집도 있다. 절실한 효도를 알았을 땐 이별이 이만큼 와 있다. 환자도 본인이 살 수 있을 만큼 살다 가고, 자식도 효도할 시간을 정한 만큼 살아준다면 얼마나 좋은가. 그러나 기다려 주지 않는 것이 시간이었고 마지막 길이다.

크게 나누어 세 가지의 이별을 보았다. 순리대로 살다가 맞이하는 자연사와 사고로 준비 없이 가는 이별과 병으로 아픔을 안고 가는 이별이다. 부모님과 친척의 임종을 지켜보았을 적에 이승의 끈을 놓기까지 아픔의 고통이 따랐다. 어떤 환자는 정신이 끝까지 살아 있어 본인도 지켜보는 가족도 힘이 드는 일이었고 정신을 놓아버린 환자는 의사소통되지 않아 안타까운 일이었다. 사고로 예고 없이 이별을 맞이한 가족만큼 아픔도 없을 것이다.

태어나서 살아온 날만큼 돌아보고 내가 정리하고 싶어 그 복만은 내게 주어지길 원하지만 쉽지 않은 일일 것이다. 부모는 이별을 맞이할 때 두고 갈 자식들 걱정 때문에 생의 끈을 쉽게 놓지 못한다고 어른들은 말했다. 그 질긴 자식의 끈이 사람에게만 주어져 있으니 말이다. 세상에 태어날 때도 고통과 진통이 분초를 다투며 나왔듯이 떠날 때도 분초와 다투는 진통을 지켜

보았다. 생의 끈을 놓았을 때 그 후 주름이 퍼지며 아이처럼 처음의 모습으로 돌아가던 것이 시작과 끝이 같았다.

누구든 이별은 만남의 시작이라지만 영원한 이별은 슬프다. 친구는 어머니를 절에 모셔놓고 49재 기도 중이라며 보고 싶으면 언제든지 가서 뵙는다고 전화기에 눈물이 묻어온다. 오랫동안 후회 없이 잘 모셨으니 마음을 잘 추스르라고 전하는데 마음이 짠해 온다. 친구는 어머니의 관계가 좋았으니 이별하는 시간도 오래 걸릴 것이다.

법회 때마다 스님의 법문을 듣고 기도를 했지만 이별 앞에서는 내 안의 바람이 분다. 내 부모님이 했던 것처럼 나도 아이들 걱정에 집착하는 것인지 은연중에 건강을 챙기는 나를 보곤 한다. 그러다 몸이 아픈 날은 집안 정리를 한다. 내가 가진 것이 너무 많다. 철 따라 사다 놓은 옷들과 욕심부리며 보관해온 분신 같은 책들이 방 한켠에 쌓여 있다. 버려도 버려지지 않는 여러 인연의 더께는 더 쌓여간다.

이별도 나눌 수 있는 일이었으면 얼마나 좋을까. 하지만 그 일만은 아무도 대신해 줄 수 없는 나만의 몫인 것을, 봄은 저만큼 물러가고 꽃잎 진자리에 새순들이 아픔을 감추듯 돋아나고 있다.

오월의 초대장

　태어나 자랐던 고향마을은 그리움이다. 그곳을 떠나왔지만 고속도로 확장으로 영원히 사라진다는 소식은 아쉬움이었다. 그런 날 마음만 바람처럼 다녀오곤 했는데 그 아쉬움을 달래주듯, 하루만이라도 만나 살아온 얘기 서로 나누고 풋풋했던 옛 시절로 돌아가 보자고 고향 선배가 초대장을 보냈다. 떠나온 후가 보기는 쉽지 않아 자동차로 지날 때면 마음만 방음벽 너머로 돌아보곤 했다.

　엄마 태어나 자란 곳이라고 딸아이에게 여행 겸 같이 다녀오자고 했다. 만남은 토요일이라 금요일 밤에 출발하는 고속버스 표를 예약하면서 '엄마와 둘이만 타고 가면 어쩌지?' 하고 농담도 했다. 그런데 의외로 터미널은 토요일처럼 여행객으로 붐비었다. 길이 밀려 예정보다 늦게 새벽에 도착한 마산, 동생네에서 잠깐 쉬었다가 시간에 맞춰 고향으로 출발했다.

장맛비가 내리고 물살이 세어지면 부모님이나 마을 어른들이 손을 잡아 건네주던 개울은 징검돌처럼 기억만 세다 흘러가고, 수양버들이 있던 큰 마당은 흔적만 남아있다. 고속도로 아래 터널 같은 길을 걸어 도착했을 때 송이의 무게를 이기지 못한 불두화가 그래도 함박웃음으로 반겨서 마음이 조금 펴진다.

드디어 다다른 장소, 행사를 주선한 선배가 반갑게 맞이한다. 음식상을 차린 곳은 고향에 사는 후배 집이다. 먼저 오신 어른들께 어머니의 택호를 대고 몇째 딸이라는 것을 말해야 알아본다. 이십여 호가 옹기종기 친척처럼 살았던 곳은 빈부 없이 정이 있었다. 이제는 자녀를 따라 도시로 떠난 분도 있고 먼 길 떠난 분도 많다. 동산 아래 집을 지어 살던 곳도 빈집이 있고 몇 가구만 있다. 고속도로 확장으로 공사가 시작되면 그 사람들도 떠나야 할 것이다.

서른 해 넘어 만난 친구와 옛 기억을 더듬으며 마을길을 걸었다. 그렇게 넓어 보이던 들녘이 줄어들었고 미꾸라지 졸졸대던 샛 도랑은 물도 마르고 시멘트로 되어 있다. 내리쬐는 오월 햇살 받으며 가보았던 예전의 우리 논에는 오가피와 매실나무가 심어져 있다. 벼와 보리밖에 농사지을 줄 몰랐던 그 시절의 먹을거리를 시대가 밀어낸 것인지, 보상을 받기 위해 나무를 심은 것인지 쓸쓸함이 밀려온다.

마을 사람들 그늘이 되고 쉼터가 되던 느티나무는 어른이 되어 찾아와도 그대로 아름드리다. 등을 기대어도 보고 두 팔 벌려 안아도 본다. 옹이진 세월의 숨결이 연두색 잎들을 달싹이며 내 가슴에서 물결을 일으킨다. 멍석딸기나무가 많았던 언덕을 걸어갔더니 손길 떠난 묵정밭에 무더기로 핀 노란 꽃창포가 수건 쓰고 호미질하던 여인처럼 무심하다.

고속도로가 나면서 긴 골목만 잘린 내가 살던 옛 집은 팔고 아랫마을로 이사했다. 헌데 오랜만에 찾아갔더니 대문에 자물통이 채워져 있다. 또 다른 주인이 있을 것 같은데 문틈으로 들여다본 집안은 잡풀과 함께 폐허가 되어 있다. 윤이 나도록 쓸고 닦았던 대청마루에 떨어진 문짝이 쓸쓸하고, 한낮 섬돌 위의 할머니 고무신만 그림처럼 그려진다. 장독대 옆 앵두나무와 포도나무는 문틈으로는 보이지 않아 돌아서는 길, 무너진 담장 너머 늦게 핀 자주색 목련이 갈 수 없는 시간을 안고 꽃잎 몇 개 하르르 떨구며 배웅을 한다.

누구나 떠나온 것에 대한 그리움은 안고 살지만 부모님이 계시지 않은 사람은 고향에 오기가 쉽지 않다. 고향 가까운 도시에 사는 선배는 만남을 주관하고 음식비용까지 부담했다. 전화도 하고 편지를 써서 초대장을 보냈던 선배는 고향에서 살았던 유년의 기억이 행복했다고 한다. 정서적인 뿌리의 힘은 무엇이었을까.

정이 사라지고 힘든 일은 피하는 시대 바쁘기만 하다. 마음의 여유가 줄어들고 있는 것은 삶을 부정할 수 없는 현실이 먼저

기에 그럴 것이다. 모임을 주선하는 일도 모두가 만난다는 것도
쉬운 일은 아니었다. 준비하는 동안 힘들었겠지만 바쁜 시간 잠
시 접고 모인 분들과 같이했던 시간은 추억을 한 아름 안고 오
게 했다.

아름드리나무에 기대어 세월의 그네를 타 보았고 내 안에서
피어나던 자운영꽃밭에도 앉아보았다. 딸아이가 찍어준 사진은
흑백의 기억에서 깨어나라 한다. 변하지 않는 것은 없다는 것을
알면서도 아쉬움이 인다. 꽃처럼 활짝 웃어도 눈부신 햇살은 주
름 사이로 스며들었고, 그 시간들이 오월의 초대장에 멈춰 서
있다.

쑥

봄날 쑥을 캐다가 햇살 내리쬐는 언덕에 앉았다. 산 아래 작은 마을도 오수에 졸고 살랑대며 불어온 바람 한 자락도 내 볼을 어루만지며 지나간다. 살구꽃이 만발하고, 산속 생강나무도 여기저기서 노란 꽃망울 열어 생각을 더 안겨준다. 부지런한 농부의 정성 어린 손길이 지나간 밭에는 벌써 씨앗 품을 준비가 되어 있다.

막냇동생은 도시와 시골의 경계를 이룬 곳에서 두 문화를 접하면서 살고 있다. 결혼 후에는 집안에 대소사 때나 얼굴 보고 바쁘게 헤어지곤 했는데, 이젠 아이들이 품 안을 벗어나니 시간의 여유가 생겨 자주 만나고 있다.

아버지 기일에는 형제들이 모인다. 몸은 늙어도 마음은 예전으로 돌아가는 순간들이다. 봄 소풍처럼 만난 그날은 성묘 후에 산소 주변에서 쑥도 캐고 고들빼기와 달래 냉이도 캔다. 겨울을 이기고 나온 뾰족한 생명들이 경이롭기만 해서 선뜻 칼을 들이대기가 미안한데도 추억까지 캐낸다. 이제야 그들을 가슴으로 볼 수 있는 눈이 틔워졌나 보다.

흙이 좋아지고 고향이 생각나면 철이 들어간다고 어른들은 말했다. 그런데 나는 흙이 주는 자양분을 먹고도 그것이 보약이라는 것을 몰랐다. 그것들을 알게 한 것은 동생이지만 나이를 먹으면서 흙이 친근하게 다가오기 시작했다. 그것은 어릴 적에 흙을 밟고 자랐던 기억의 유전자가 내 안에 깊숙이 숨어 있었던 것이 아닐까 싶다.

늘 막내인 줄만 알았는데 자연식으로 하는 살림 솜씨는 예사가 아니다. 시골에서 주택을 지어 사는 곳이다 보니 작은 텃밭이 있다. 가족들이 먹을 만큼의 채소를 계절에 맞게 심어 먹는다. 금방 채취한 것을 먹으니 싱싱한 맛을 느낀다. 그곳에 다녀올 때마다 작은 텃밭이라도 가꾸며 살고 싶다는 마음이 일어 귀촌에 대해서 생각해 보곤 한다.

봄이 오면 먼저 떠오르는 것이 쑥과 봄나물이다. 아무 곳이나 흙에 뿌리만 내리면 쑥쑥 자라는 쑥이지만 요즘은 오염되지 않는 곳을 찾아야 한다. 그곳 지리에 밝은 동생을 따라 바구니를 들고 나섰다. 봄 햇살 내리는 그곳의 쑥밭은 청정한 은빛이다. 지난 일들을 고스란히 간직한 채 살아가는 사람처럼 쭉쭉 솟은 쑥대들, 그 마른 줄기 아래 새싹들이 돋아나고 있다. 흙 위에서는 낮은 자세로, 검불 더미 속에서는 가느다란 몸으로, 돌 틈에 선 온 힘을 다해 옆으로 삐져나오고 있다. 뿌리에는 통통하고 연한 보랏빛이 돈다.

뿌리들의 힘이 하늘을 향하고 있는 저만치 눈을 뜰 수 없는 아지랑이 속으로 어린 여자아이가 걸어온다. 바구니와 작은 칼을 들고 양지마다 언덕을 넘어간다. 쑥을 먹어 쑥쑥 자란 것 같은 아이도 쑥 캐기가 싫어서 바구니를 몇 번이나 던져버렸던 적이 있었다. 쑥이 주재료가 된 쑥개떡, 쑥버무리, 쑥밥과 쑥국이 먹기 싫었던 아이가 그 먹을거리를 찾아 나선다.

아흔 하고도 다섯 해나 사신 할머니는 나와 식성이 맞지 않았다. 할머니는 그 음식들을 다 좋아하셨던 것 같은데 나는 어쩔 수 없이 먹곤 했다. 그때는 밥상 앞에선 음식 투정을 한다는 것은 있을 수 없는 일이었기에 내색도 못하고 먹었다. 그런데 지금 와서 보니 그 음식들이 보약 같은 것이었다니.

바구니에 가득 담아온 어린 쑥을 씻는다. 물속에 가라앉지 않은 쑥이 그리움처럼 둥둥 뜬다. 흙 알갱이는 물속에 내려놓고 쑥은 가라앉지 않는다. 쑥으로 있을 때는 그냥 쑥일 뿐이다. 그러나 데쳐서 으깨고 치댈수록 파란색이 나고 차지는 쌀과의 합일이 이루어진다. 세상 살아가는 일도 혼자서는 살 수 없듯이 생각이 맞지 않는 사람 사이도 서로의 마음을 쑥처럼 데쳐서 으깨고 치대면 한마음이 될 수 있을까.

이런저런 생각에 젖어있는데 쑥에 어린 추억이 저만치 가고 있다. 은빛으로 늘어나는 머리카락 사이로 아이의 봄날도 멀어지고, 그 기억만 쑥의 향기로 오롯하다.

꺼지지 않는 빛

    디자이너 일을 하는 딸아이 방에는 전기 콘센트가 많다. 용도에 따라 달라서 무려 열 개가 넘는다. 컴퓨터, 프린트, 오디오, 스캐너 등 선과 선을 연결한 긴 콘센트는 정리되어 있지만 저 선 속에 무수한 전류가 흐르는 것을 생각하면 아찔할 때도 있다.

    나와 같이 사용하는 컴퓨터에 내 작품도 저장되어 있다. 전기로 인해 사용할 수 있지만 전기가 없으면 사용이 불가능하다. 언젠가 고장으로 인해 작품이 지워져 속상한 적이 있었다. 컴퓨터를 너무 믿지 말라고 한 부씩은 꼭 인쇄해 두라는 당부까지 한다. 손으로 쓰던 원고지를 대신해주어 글씨체는 엉망이 되었지만 깔끔하게 글을 인쇄해주는 기계가 고맙기도 하다.

    컴퓨터를 사용하면서 문득문득 지금의 생활을 상상도 못했던 시절로 돌아갈 때가 있다. 전깃불이 없어도 호롱불을 켠 안방은 불의 밝기보다 형제들의 온기가 빛이 되어 방안이 더 밝았다. 해가 지면 먼저 하던 일이 대청마루에 호롱불을 켜놓는 것이었다. 시계를 보는 것보다 해가 뜨고 지는 것에 일상을 맞추어도 불편함을 몰랐다.

불빛은 마을 사람들이 마실 올 때거나 집안에서 반기는 인기척이거나 아버지의 늦은 귀가를 기다리는 마음이기도 했다. 사각나무 기둥을 세운 유리 속에 호롱불을 넣고 손잡이는 철사로 이어 놓았다. 무명실로 꼬아 만든 심지는 석유로 불을 밝힐 때 그을음이 생겨 유리에 묻는데 낮에는 깨끗이 닦아 두기도 했다. 그 불빛이 더 따뜻하게 느껴지던 것은 겨울밤 바람이 불면 아슬한 흔들림 속에서도 꺼지지 않던 까닭이었다. 뒷간에 갈 때는 요즘의 손전등처럼 길을 밝혀주었고 사랑채와 안채를 빛으로 이어 주었다.

요즘은 가로등이 길을 밝히는데도 무섬증을 주는 시대에 살고 있다. 어둠의 길이 무서운 것이 아니라 밤길에 만나는 사람으로 인해 혹시 해를 당할까 하는 두려움이 함께하는 밤이다. 아무것도 걸리지 않는 매끈하게 포장된 길을 걸으면서도 그리운 기억에 넘어진다. 불빛이 없어도 어둠과 익숙해지면 돌부리의 길도 환하게 보이고 그 길이 나를 비켜 가기도 했다. 날씨가 좋아 둥근 보름달을 볼 수 있는 날은 푸른 추억도 그래서 생겨났다. 빛이 없어도 느낌으로 살아가던 때 밝았던 눈은 순리에서 오는 노화보다 문명의 빛으로 인해서 안경을 쓰는 사람이 많아졌다.

하늘을 올라갈 것 같은 도시의 고층 아파트는 추위와 더위도 느끼지 못할 만큼 감각을 잃게 하고 있다. 늦은 밤 정류장에서 딸아이를 기다리다 같이 돌아올 때면 호롱불처럼 흘러나오는 불빛은 아파트 앞에서 만난다. 따뜻하고 반가운 빛의 작은 집, 그곳의 경비아저씨는 잠든 밤을 지켜주고 있다. 손전등을 들고 아파트 순찰하는 모습에서 어릴 적 호롱불빛을 보는 것 같다.

이제는 골동품 파는 가게서나 볼 수 있는 옛 물건이 되어 버린 호롱을 지금 아이들은 무엇에 사용했던 물건인지 모른다. 지금은 그 시절의 기억을 떠올리듯 장식품으로 구입해서 거실 한 켠에 두고 회상에 젖는 집도 있다.

새벽이 되어야 잠자리에 드는 아이 때문에 불편함을 느낄 때가 있다. 일이 있어 늦게까지 불을 켠다고 하지만 문틈으로 나온 빛은 때로는 잠을 설치게도 한다. 예전에 시골집처럼 주거 공간이 넓은 것도 아니고 각자의 공간이 문 안에서만 있다 보니 말이다.

어릴 적 전기가 들어오던 날처럼 늘 반갑고 고마운 불빛이지만, 창호지 사이로 은은하게 스며 나오던 호롱 불빛도 생각날 때가 있다. 따스함을 볼 수 없기에 가끔은 촛불을 밝혀놓고 고요한 느낌을 갖기도 한다.

내 안의 자운영

생일에 딸아이가 안겨준 장미 다발은 안개꽃에 싸여있다. 분홍색으로 오므린 봉오리가 감동을 주지만 장미를 둘러싸고 있는 안개꽃이 더 잔잔한 감동으로 밀려온다. 자잘한 꽃잎 사이로 안개처럼 피어나는 회상에 젖으니 멀리서 봐도 가슴을 파고들던 자운영꽃밭이 아련하게 떠오른다.

들꽃 피고 지던 내 고향은 오월이면 보리밭 향연이 펼쳐지고 보리밭의 푸르름 속에서 군데군데 자운영이 있다. 꽃이 핀 군락지는 가까이보다 멀리서 보는 것이 더 가슴 설레게 했다. 꽃이 만발하면 벌들이 꿀 잔치를 벌이고 겁 없는 아이들은 신발 속에 벌을 잡아 빙빙 돌려 기절시킨 뒤 침을 찾는 놀이를 했다. 벌에게 쏘일까 봐 무서워 가까이 가지 못하고 바라보기만 했던 꽃밭, 거름을 하려고 베어진 날은 아쉬움에 서성이게 했다. 늦봄까지 눈으로 보는 즐거움과 환상을 주던 유년의 꽃밭은 그렇게 가고 있었다.

아는 스님으로부터 중국으로 만행을 갔을 때 네잎클로버 군락지를 본 이야기를 들었다. 끝없이 펼쳐진 수평선 같은 군락지 그 하늘거리던 초록의 잎과 꽃의 향연은 한동안 가슴에 머물렀다고 했다. 멀리서 볼 때는 아름답지만 가까이 가서 보면 질척한 흙과 벌레들이 있어 가까움의 낭만은 없다며 인생사도 그 꽃밭과 같이 반대로 만나 같이 공유하는 평행선이라는 것을 일러 주었다.

그 이야기를 들으면서 이십 대를 보낸 부산이 떠올랐다. 금정산 아래 네잎클로버가 군락지를 이루던 곳이었다. 삶이 무엇인지 보이지 않던 내 안의 길과 타협하지 못한 채 서성이던 마음을 네잎클로버를 찾으면서 다스리곤 했었다. 꽃의 색은 다르지만 멀리서 보면 초록의 잎은 비슷해서 자운영꽃밭처럼 볼 수도 있고 멀리서 보면 하늘거림의 여유는 기다림이 있었기 때문이었다.

꽃샘추위 속에서도 꽃들은 피어나고 있다. 영춘화, 히어리, 노루귀, 복수초, 생강나무꽃 등, 작은 꽃들의 힘은 어디서 나오는지 무엇을 말하는지 아픔 속에 피는 것만 같다. 봄꽃을 보면 마음의 여유를 주는 것보다 경이롭기만 하다. 그 꽃들이 지고 오월이 오면 기억 속에서 피어나는 내 안의 자운영꽃밭이 펼쳐질 것이다. 벌이 무서워 주위만 맴돌며 서성거리던 유년의 꽃밭을 이제는 나를 희생하던 자비의 꽃이라고 읽는다.

　자운영의 원산지는 중국이지만 우리나라는 주로 남부 지방에서 재배했다. 4월과 5월경에 홍자색과 백색으로 피는데 꽃이 핀 후는 베거나 쟁기로 갈아서 썩힌 후 거름으로 썼다. 모내기 할 때면 사라진 것은, 자연을 거름으로 땅심을 기르려고 심은 것이었다. 시대는 변해가고 지금은 화학비료로 농사를 짓고 있어 자운영으로 거름을 하는 곳은 사라졌지만, 요즘은 그 시절의 향수를 느낄 수 있도록 관상용으로 심어놓은 곳이 있다고 하는데 가보지는 못했다.

　자운영처럼 나를 피워 어우러짐을 주는 것도 그런 사람이 되는 것도 그저 오지 않는 것을 세월은 말해 주고 있다. 아름다움도 무상하다는 것을 알면서 버리지 못한 추억은 피어나고 있다.

세월의 무늬를 넣은 그림

　흑백사진 속으로 들어가면 눈망울만 반짝이는 단발머리 아이가 있다. 순간의 표정까지 붙잡아 놓은 시간을 거슬러 가고 싶어도 순환되지 않더니 세월은 고향으로 안내하며 그리움으로 이끈다.

　작은 뒷산 대숲과 언덕은 배경이 되어 초가들과 기와집이 있다. 마을을 돌아 흐르는 냇물이 있고, 둔덕은 회화나무와 느티나무, 미루나무 수양버들이 있다. 숲이 마을을 둘러싸고 있어 그랬는지 지명이 숲 안이다. 공동으로 쓰던 큰 마당은 보리타작과 벼 타작을 하기도 하고 아이들의 놀이터가 되기도 했다. 마을을 지키는 수호신 같은 느티나무 그늘은 어른들의 쉼터가 되었지만, 무속인이 굿을 하고 헌식한 음식이나 동전이 밑둥치 곁에 있는 날은 무서움에 달음박질을 하곤 했다.

자연과 더불어 살고 먹을거리도 자연 속에서 구하던 시절, 미꾸라지와 붕어, 우렁이, 피라미 등이 논과 냇가에 많았다. 장마가 되면 황토물이 불어나 강에서 역류하여 올라온 물고기들을 잡느라 아이들은 분주했다. 나는 미끌미끌한 비늘 때문에 만지지도 못하면서, 보는 재미에 양은 주전자를 들고 오빠를 따라다녔다. 오빠가 낚시를 가면 엄마는 점심을 싸서 내 손에 들려주기도 했는데, 풀섶에 걸린 종종걸음은 어찌나 멀기만 하던지… 그래도 마음 잘 맞는 오빠와의 만남은 즐거움이었다.

공동으로 먹는 우물가에는 늘 마을 소식과 이야기가 있었고, 우물가 옆 작은 빨래터에는 마을 언니들의 긴 머리도 찰랑거리고, 호기심 가득했던 연애담도 슬쩍 듣곤 했었다. 방학이면 친척 집에 놀러 온 도시아이들의 옷차림과 신발의 부러움은 도시에 대한 첫 동경의 대상이기도 했다.

책 읽기를 좋아해 상상의 세계에 빠져들어 학교도서관에서 시간이 정지되었으면 좋겠다는 소원을 빌었던 적도 있었다. 농사일을 도와야 한다는 할머니 말씀에 늦으면 꾸중을 들을까 봐 도서실에 오래 머물 수 없었기 때문이다. 그 시절 나는 맘껏 책 보는 것이 소원이었다.

그때 내 친구 오빠는 도시로 유학 가서 방학 때면 고향으로 왔는데 친구 만난다는 핑계로 우물 앞에서 서성이기도 했다. 엄마 생전에는 오빠가 잘살고 있다는 소식을 가끔 들었지만, 잊고 지냈다. 궁금해도 만남은 생각지 못했는데 동생네 일로 마산에서 내 형제들과 같이 만나게 되었다. 예전의 곱상했던 얼굴은 세월이 저만큼 흘러갔음을 먼저 말해 주고 있었다.

살면서 명예를 가져본 사람도, 부를 누려본 사람도 나이는 쓸쓸함을 평등하게 안겨준다. 다 채우며 살아온 것 같은데 채워지지 않는 자리가 있고, 후회 없이 살아왔다 해도 아쉬움 한 자락이 따른다. 호기심 많았던 유년의 감수성은 글의 씨앗이 되어 작품을 쓰고 등단을 했다. 책을 묶어 세상으로 내놓고 나니 비워져서 홀가분한 것이 아니라 가슴이 더 허전해져 온다.

글 쓰도록 뿌리가 되어준 오빠와 부모님이 함께 있는 산소에 인사하러 간다 했더니 친구 오빠도 시간을 내어주었다. 짧은 생을 마감한 오빠의 아스라한 그리움을 안은 것도 세월이었다. 흔적 같은 시집과 에세이집을 건네주며 도시로 간 오빠가 부러웠다는 얘기를 했다. 기억을 더듬어 만난 쉰의 세월, 시간 가는 줄도 모르고 이야기꽃을 피운 것은 유년의 뿌리가 아니면 서로 공감할 수 없었을 것이다.

그림 같았던 마을은 고속도로가 생긴 후 문명의 혜택을 누리고 살지만 많은 것을 잃어버렸다. 남아있는 집마저 도로를 넓히느라 사라질 것이라는 소식이 들려온다. 출렁이던 우물은 오래전 고속도로 아래 묻혀 버렸지만 아직도 정지되어있는 기억에는 평화로운 마을이 있다. 봄이면 쑥과 나물을 캐러 다니던 기억과 여름에는 고기를 잡고 멱 감던 일, 겨울에는 낮은 담장 아래 햇살 고인 곳에서 남자아이들은 딱지치기와 연날리기 놀

이를 했다. 설부터 보름까지 명절이던 흑백의 추억이 나만의 것
일까.

　도시에 살면서 떠나왔던 고향 냄새가 그리워진다. 그때의 마
을 어른들은 세상 떠난 분이 많은데도 기억에 존재하고 모자와
교복이 단정했던 오빠도 그대로다. 내 친구들과 긴 머리 찰랑거
리던 언니들이 우물가에 있는 이야기를 들려준다. 돌아갈 수 없
어 나는 종종 유년의 시간을 펼쳐놓고 스케치를 한다. 주름진
얼굴만큼 무늬를 넣어 색을 칠한다. 하루 한 가지씩만이라도 아
름다운 기억으로 말이다. 그 그림 속에는 마음만 주고받아도 넉
넉해지는 순수했던 세월이 있기 때문이다.

터미널에 두고 온 그리움

창 너머 나무들이 가을편지를 보내왔다. 서로 안부 전하던 편지는 옛이야기처럼 사라져 가는데 우편함에는 기다리지 않는 소식들인 광고지만 편지처럼 쌓여있다. 그럴 때 낙엽이 주는 사연은 눈으로 읽는 것보다 마음으로 읽어야 무심한 얘기들이 들린다.

편지로 주고받던 사연은 저만큼쯤 비켜 서 있고, 메일이나 문자로 소식을 주고받는다. 컴퓨터를 여는 시간도 기다리지 못해 휴대폰으로 소식을 대신할 때가 많다. 신세대들 문자 소통은 즐거움을 주지만, 쉰 세대인 나는 해석도 어렵다. 한걸음 느려도 시대에 맞추어 살아가야 하는 현실은 컴퓨터를 사용 못 하면 컴치, 문자를 보내지 못하면 문치, 운전 못하면 기계치 등 모든 것에 치가 붙는다. 기계와 관련된 것의 사용 방법이 서툰 나는 모든 것이 꽝치인가 보다.

지금은 자동차 시대다. 집에서 바로 목적지를 가기 때문에 터미널은 옛 애기가 되어간다. 자가용 운전자가 많아 작은 차로 가는 길은 알아도 큰 차로는 길을 모른다는 개그 같은 애기도 흘러나온다. 자동차를 구입하기 전 고향 갈 때면 고속버스를 타거나 기차를 이용했다.

역이나 터미널에는 알 수 없는 쓸쓸함이 있다. 생전 친정어머니는 1년에 한 번은 우리 집에 다니러 오셨다. 할머니가 계셔서 하룻밤 해후로 가실 때는 터미널까지 배웅했다. 그날은 내 마음을 대신하듯 비가 내렸다. 먼 그리움만 주고받던 어머니와의 편지는 오랫동안 이어졌다, 소리나는 대로 적은 글씨는 나만이 해석하며 읽는 즐거움이기도 했다. 어머니도 집에 전화를 놓으면서 편지는 쓰지 않았지만 마음은 늘 편지를 쓰고 있었다.

눈에 보이지 않지만 마음에도 길이 있다. 만나서 얼굴 보지 못하는 만큼, 마음이 길을 내는 것이다. 늘 잘 있다고 했지만 몸이 아프거나 힘든 일이 생기면 느낌으로 먼저 알고 소식을 주던 어머니의 마음 길이었다. 상대방을 미워하면 그 마음도 길이 있어 화살이 되어 전달된다는데, 함께 있지 못하는 사람들의 애절한 마음이야 어떻게 표현할 수 없는 것이 아닌가.

자동차로 이별을 하는 것은 애절함이 덜하다. 아릿한 마음도 줄어드는 스피드 시대에 맞춰 기계처럼 되어 간다. 그러나 명절이나 휴일을 제외하고 이용객이 줄었지만 아직도 터미널은 이별과 만남이 이어지고 있다. 집안일이 있어 혼자 갈 때는 터미널을 이용한다. 그곳에 가면 어머니와 나누던 이별이 어딘가 남아있는 것 같아 서성이게 된다. 자식과 부모와의 이별은 나만의 것은 아닐 것이다. 택배가 생기기 전에는 서울로 향해 올라오는 어머니들의 보따리는 아무도 말리지 못했다. 마지막 눈을 감을 때까지 자식에게 주고 싶은 것이 부모의 마음이라 한다.

형제들이 살고 있는 마산의 고속 터미널에도 향수가 어리어 있다. 어머니가 병원에 계실 때 하룻밤을 보내고 올 때마다 아렸던 마음을 터미널에서 삭이곤 했다. 그리고 얼마 전 차 한 잔 나눌 시간도 없이 만난 친구와 짧은 해후는 이별이란 그리움을 터미널에 두고 오게 했다. 세상일이나 어떤 만남도 순리가 있다. 보고 싶은 사람은 늘 멀리 있고, 가까운 곳의 사람은 왜 그리움이 보이지 않는 것일까.

일이 있어 고속버스를 타려고 오랜만에 터미널에 왔는데 낯설지 않다. 어머니를 배웅하던 날은 늘 비가 내려 마음을 더 애잔하게 하던 기억이 떠올랐다. 집에서 출발한 시간과 달리는 긴 시간을 차 안에서 보내면서 지루함보다 마음의 여유를 가지기로 했다. 예전에는 빈자리 없이 채우던 좌석이 비어서 달린다. 시대의 흐름은 달라진 풍경부터 읽는다. 손에는 문자들이 계속 바쁘고, 도착할 때까지 통화하는 승객도 있다. 옆 사람에게 불편을 준다는 개념을 잃어버린 세대와 문명이 주는 시대기에 어쩌지 못했다.

형제들을 만나고 올 때마다 접고 접어도 한동안 몸살 했던 마음이 요즘은 옅어지고 있다. 여기서 산 세월이 고향보다 많아서 이곳의 그리움과 저울질하기도 한다. 추억도 버려야 하는 나이인데 버리지 못하는 것은 무엇인가. 풀지 못한 채 쌓여 있는 그리움의 편지는 언제쯤 하얀 백지처럼 지워질까. 낙엽이 준 편지 속에 무심한 세월의 귀도 활짝 열어놓는다.

고향 지킴이

연일 높은 더위와 습도가 이어지는 날, 조금만 움직여도 땀이 비 오듯 흐른다. 이태 전만 해도 땀이라곤 찾아볼 수 없을 만큼 보송하던 몸이 변화를 일으키다니, 최대한 오르는 화기를 참아내는 격이다.

참아야 한다고 스스로 최면을 걸며 휴우 한숨을 몰아쉬는데 휴대폰에 모르는 번호가 뜬다. 전화를 받으니 택배 기사다. 어디서 온 것이냐고 묻기도 전에 두 번 방문 하지 않도록 해 달라는 당부만 여운을 남긴다. 모르는 소식에 궁금해진다. 친척이나 딸아이는 우편물과 택배가 있을 적엔 미리 알려주어 기다리곤 했는데, 잠시 후 배달되어 온 파프리카가 담겨진 상자다. 건네받은 순간 포장을 풀었더니 붉은색과 노란색의 주먹만 한 파프리카가 가득 담겨 있다.

택배를 보낸 그녀는 고향 친구의 부인이다. 친구보다 먼저 그녀에게 전화를 걸었다. 마침 파종하기 전에 잠깐 휴식 시간을 갖는다며 가족과 여행을 떠난다고 한다. 반가움과 미안함이 교차해 할 말을 잊는다. 힘들게 지은 농사인데 여기까지 보냈느냐고 하는 인사말에 그녀는, 마지막 수확을 할 때는 고마운 분들과 평소에 마음 쓰지 못했던 이들에게 보낸다고 한다. 그녀는 궁금하지 않게 몇 자라도 글을 적어 보낸다는 것이 농사일에 바빠 그러지 못했다는 그 마음이 한 편의 편지였다.

그녀와의 만남은 지난 오월이다. 해마다 오월이면 고향에는 축제를 연다. 어린 시절을 떠올리게 하는 초등학교 축제, 올해는 개교 87주년 행사로 우리 동기들이 주관하게 되었다. 고향 어르신들을 모시고 음식 대접을 하며 재학생과 선후배들이 모인 동문의 한마당 축제다. 행사를 준비하면서 발간하는 소식지에 올해는 다른 테마로 기수마다 글을 청탁해 실었으면 좋지 않겠냐는 여러 의견에 따라 친구 농장을 방문했다.

진주시 지수면 청담리 넓은 들녘, 예전에는 주로 벼와 보리농사를 지었는데 지금은 하우스로 계절 없이 먹을거리를 주고 있다. 오랫동안 농사를 지었다는 친구는 몇 년 전부터 파프리카를 1,500평에 시작해서 지난해부터는 옆 동에 현대식 건물을 지어 자동화로 수확하고 있다. 비닐하우스 시설은 유리온실 못지않게 잘되어 있어 처음 본 나는 웅장해서 감탄사만 나온다.

손이 많이 가는 일 중에서도 곁가지를 솎아주는 작업은 매일

이어지는데, 친구 부인에게 힘들지 않느냐고 물었더니 그녀는 농사를 아기에 비유한다. 집에 있으면 오히려 걱정되어 농장에 나오게 된다며 잠을 자는 동안에도 열매들이 새록새록 커서 예쁜 모습이 힘을 준다고 한다. 농사는 힘들어도 정성을 들인 만큼 결과를 주어 이겨 낸다고 했다.

파프리카가 대중적인 식품에 오른 것은 요즘이다. 원산지는 우리나라가 아니지만 농가에서는 비닐하우스나 유리온실 하우스로 농사짓고 있다. 피망 비슷하지만 맛은 다르다. 친구는 천적과 양액으로 재배하고 농약을 쓰지 않아 무공해 식품이다. 식품에서 까다롭기로 소문난 일본으로 거의 다 수출한다고 하니 대견하다.

여러 가지로 요리를 하지만 샐러드도 있고, 올리브기름에 살짝 볶아 먹으면 영양가가 더 살아난다고 한다. 나는 요리보다 과일처럼 그대로 먹는 것을 좋아한다. 냉장고에서 꺼내 먹는 아삭아삭하고 시원한 단물은 입안에 고이며 더위를 식혀주기도 한다. 색깔마다 영양가가 다르고 포만감도 주니 다이어트 식품이 되기도 한다.

살면서 눈앞에 보여도 마음 멀어지는 세상인데, 농장에 들린 그날의 만남으로 내게도 파프리카를 보낸 것이다. 보내준 파프리카를 씻는다. 맺혀 있는 물방울이 그녀의 땀방울 같다. 아이 다루듯 조심스레 닦아서 야채 칸에 차곡차곡 채운다. 내가 집안에서 움직이며 흐른 땀은 친구 부부가 농장에서 흘린 땀과 비

교하면 아무것도 아닌데 잠깐 투정을 부린 것 같다.

냉장고의 파프리카가 한동안 더위를 아삭하게 식혀줄 때, 친구의 농장에는 새로운 열매가 열리도록 파종이 시작되고 있을 것이다. 그들이 흘린 땀방울처럼 열매도 주렁주렁 열리기를 먼 곳에서 파이팅을 보내본다.

씀바귀

봄날 양지에서 씀바귀를 만나면 씀바귀 캐러 다니던 기억이 떠오른다. 겨우내 흙 속에 숨어 있다 올라오는 씀바귀는 선씀바귀, 선사라구, 흰씀바귀, 씸배나물, 황고채, 고채 등 여러 가지 이름으로 정겹다. 뿌리를 캐거나 줄기를 꺾으면 하얀 유액이 나와 끈적하게 손에 달라붙어 잘 씻어지지 않는다. 습한 논둑이거나 들녘에서 잘 자라 예전에는 쉽게 볼 수 있었고 먹을거리 대체식품이었다.

어른들은 말을 음식에도 비유했다. 쓴맛의 음식은 멀리하고 단맛의 음식은 잘 넘어간다고 했다. 가까운 사람일수록 본인이 느끼지 못했던 것을 말하면 받아들이는 것보다 싫어한다. 쓴소리는 멀리하고 단 소리는 귀에 빨리 머물 듯, 말도 입에서 나오고 맛도 입에서 느낀다. 좋은 음식은 몸을 보호하기도 하지만,

좋은 말은 기분 좋게도 한다. 살아온 세월만큼 연륜이 있는 어른들의 쓴소리가 유액처럼 지혜를 주는 약으로 숨어 있기도 하다. 순간은 기분이 상하지만 겨우내 땅속에서 올라오는 씀바귀처럼 시간을 가지고 삭히다 보면 상대방의 입장이 되어보는 마음의 여유도 생긴다.

화학조미료가 나오면서 가공식품도 많이 나왔다. 서구적인 음식과 단맛에 익숙해진 몸은 쓴 음식을 멀리하고 단 음식을 찾는다. 예전에는 죽을 먹어도 배만 부르면 된다고 말했던 어른들이 지금 세상에 있으면 무슨 말을 할까. 가리지 않고 자연식을 먹었던 시절이 지나고 보니 약이었던 것이다. 단 음식으로 인해 생긴 병을 치료하기 위해 요즘은 몸에 맞추어서 음식을 찾기도 하고 야채로 식단을 짜면서 멀리했던 쓴 음식을 선호하기도 한다. 쓴맛이 나는 민들레 잎과 씀바귀 잎을 쌈으로 먹는다. 시장에 가면 씀바귀 뿌리만 파는 곳을 보면 초봄에 캐어 먹는 것만큼 맛이 나지 않을 것 같아 손이 쉽게 가지 않는다.

봄이면 부모님 산소 주변에 씀바귀가 많이 올라온다. 올해는 날씨가 따뜻했고 음력으로 기일이 늦어서 나물거리로는 캐지 못했다. 아무리 캐내어도 봉분 주변에서 떠나지 않고 자라고 있는 것을 보면 생전에 아버지가 즐겨 드셨던 것을 아는 것처럼 보인다. 어머니가 초고추장으로 무쳐 상에 올리면 잃었던 아버지의 입맛을 돌게 하고 쌉쌀하며 새콤한 맛은 막걸리와 궁합이 잘 맞았던 것이었다.

나이 들어감은 원래 자리로 돌아가는 것인가 보다. 형제들이 만나면 밤을 새워도 아쉬움이 남으니 막냇동생은 황토로 집 지어 예전처럼 같이 살면 어떻겠냐고 말을 하지만 현실은 꿈일 뿐이다. 변해가는 시대와 세월 앞에 아무도 이길 사람은 없듯, 늙어가는 몸은 산소 앞에서 옛 시절로 돌아가 풀을 뽑으며 부모님의 마음, 이제야 읽는다. 사람으로 태어나는 것도 사람 노릇 하며 사는 일도 쉽지 않지만 그래도 사람노릇 하며 사는 이승이 좋다고 어른들은 말했다.

　늦봄과 초여름까지 흰색과 노란색으로 꽃을 피우는 씀바귀 화려한 모습은 아니지만 군락지는 소박한 아름다움을 주고 봄철엔 나물을 준다. 약처럼 입맛을 돋우기도 하는 질긴 생명력은 나약함을 지우게 하고, 순백의 마음속에 삶의 이야기를 쓴맛으로 숨기게 한다.

　꽃대를 올리고 있는 대궁을 꺾어본다. 방울로 맺히는 하얀 액체들이 끈끈하게 가슴속으로 달라붙는다.

4부 인연의 나무

인연의 나무 1[*]

　마음이 흐트러지는 날이면 산사를 찾는다. 종교를 갖는 것은 내가 행복하기 위해서인데 좋은 법문 들어도 일주문만 나서면 잊어버리니 마음공부도 끝이 없나 보다.

　아이를 키우며 나를 잊을 만큼 행복의 순간으로 살았지만 채워지지 않는 것이 있었다. 다스려도 채워지지 않던 가슴 한켠은, 문학과의 만남을 위해 비워 두었던 것일까. 아이들이 커서 품을 벗어나면 내가 하고 싶은 일을 하며 살겠다고 다짐하곤 했는데 선생님과 만남이 될 줄 몰랐다.

　매주 지역 신문에 시인이 쓰는 한 편의 글이 기다려지던 때가 있었다. 독자가 되어 그 글을 읽으면서 1년 만에 만나게 된 것은 안양여성회관 문예창작반 이었다. 수업 시간, 마음만 앞서는 것을 천천히 인내하며 선생님의 끈을 잡고 제자로 걸어 온지 20년이 넘었다. 첫 강의 시간, 출간하셨던『꽃은 말고 이파리만』에세이집을 먼저 구입해 읽고 만나서 그런지 낯설지 않았다.

불가에서는 스승과 제자 사이만큼 좋은 인연은 없다고 한다. 가르침을 주는 스승은 힘들어도 받는 사람은 행복한 시간들이다. 그 또한 서로가 좋은 만남이 되기까지는 몇 겹의 인연이 있었기에 현생에 닿는 거라고 했다.

지난날 신인상 응모 때마다 떨어져 다시는 시를 쓰지 않겠다고 어렵게 말씀드린 적이 있었다. 그때 선생님도 내게 끈을 놓겠다고 하신 것은 정말 끈을 놓겠다는 뜻은 아니었다. 다시 시작하라는 깊은 뜻이 숨어 있었던 것을 알게 한 것은 그 해 등단이란 문을 거치면서였다. 그동안 습작한 것을 묶으면서 세 권의 시집에 해설을 다 받았으니 내가 복이 많은 사람인지 아니면 짐을 안겨 드린 것은 아닌지 두 마음이 교차할 때도 있다.

사람의 마음은 무한해서 무엇이든 할 수 있고 언제나 쓸 수 있다 하지만, 일찍 온 갱년기는 스스로를 힘들게 했다. 몸과 정신이 반대로 변해가는 것을 끌어안고 적응하며 작품집을 묶었던 시간들, 지금 생각하면 어떻게 그런 용기가 나왔는지 아득하다. 용기 뒤에는 뿌듯함도 있지만 부족했던 부분들이 보여 욕심이었다는 후회가 따라다녔다. 그러나 지난 일은 이제 잊으려 한다.

그동안 충전이라는 핑계로 놓아버렸던 긴장의 끈을 다잡는다. 문학과 선생님의 인연, 그리고 문우들과의 인연은 끊을 수가 없다. 어떤 만남이든 억지로 되지 않듯 맺고 헤어짐도 순리에서 오는 업이니, 순간마다 주어진 시간이 소중하다.

글을 쓰면서 힘든 시간을 이겨 낸 흔적인 작품집을 본다. 나이를 잊을 만큼 바쁘게 보낸 시간이었다. 남은 소망이 있다면 그동안 써둔 작품을 장르별로 묶고 싶다. 한번 놓아버리면 잡지 못하는 문학의 끈, 창작의 고통이 따르지만 즐거움으로 긴장의 끈을 잡게 해준 스승님, 그 시간들이 빚이 아닌 빛이 되도록 마음을 모은다.

불법의 인연이 지혜롭게 사는 마음 닦는 공부였다면, 문학은 죽어서도 정신이 남아있는 작품이다. 두 가지를 공부하면서 좋은 인연으로 만난 스승은 현생의 복으로 이어진 행운이었다.

* 배준석 선생님

인연의 나무 2[*]

누군가 먼저 길을 만들고 닦아 놓았다면 따라 걷는 일은 쉬운 일이다. 내가 만들어서 걸어간다면 얼마나 힘든 일일까. 한동안 소식 없어도 가까이 있는 것 같은 사람, 느낌으로 서로 알 수 있고, 마음 읽을 수 있는 대상이 있다. 만나면 따뜻이 잡아주는 손의 온기는 꽉 막힌 가슴까지 뚫어준다.

그녀는 문학의 선배이기도 하고 불연으로 만난 도반이다. 수필가로 등단해서 많은 작품집을 냈고 청소년소설 등단과, 시인으로 시집도 여러 권 냈다. 아동문학까지 여러 장르를 넘나들고 있으며, 장르마다 언어의 곳간이 넘치도록 채워져 있다. 그 곳간을 채우기까지 얼마나 많은 공부를 했을까. 그 언저리를 서성거려도 내 언어의 곳간은 채워지지 않는다.

이십 년 전 문학의 길에 발 들이고 마음만 앞서고 있었다. 그때 그녀는 작품으로 앞서가는 길을 내며 뚜벅뚜벅 걷고 있었다. 나로서는 끝없는 노력으로 결실을 만들어 가는 그 길을 부러움으로 바라보기도 했다. 그녀는 건강상 어려움 속에서도 글 선배로서 앞서가며 후배들을 위해 길을 만들고 빛이 되어 이끌어 주었다.

지난여름 뜻밖에도 내게 힘든 일이 왔다. 아무것도 할 수 없어 마음 놓고 있을 때, 그녀가 큰 힘이 되어 주었다. '우리의 삶은 엉켜있는 실타래 같아서 풀어가며 살아가는 것이 인생 아니냐고, 집집마다 애환은 다 있다.'는 위로의 말이 전화기 속으로 전해 왔다. 자신의 건강 걱정은 뒤로하고 늘 밝은 기운을 불어 넣어 주는 그녀 말에 하루하루를 감사한 마음으로 접는다.

상대방을 만났을 때 주는 그녀의 밝은 기운과 무한한 힘은 어디서 나오는 걸까. 작은 일에도 스스로 움츠러들 때면 주눅이 들지 않게 용기를 준다. 나이는 내가 많지만 문학의 길에서는 그녀가 선배이다. 서로 존중하는 이러한 인연이란 쉽게 맺어지지 않는데 우리는 전생에 어떤 인연이 있었던가 싶다. 문학의 품을 넓혀가는 선배의 나무 그늘서 가끔 쉬었다가 오며 충전도 한다. 그런 나는 행복한 사람이다.

작품집 출간 때마다 사인을 해 준 많은 글 중에서, 마음을 울리는 글귀가 있다. 2011년 1월 10일, 『아버지의 성城』에 달아 준 글이다. '삶은 항상 새로움이랍니다.'라는 글귀는 많은 의미

가 담겨 있다. 오늘의 귀한 하루가 돌아갈 수 없는 새로움이기
때문이다.

* 김선화 수필가

인연의 나무 3[*]

오월 풍경은 싱싱한 초록으로 와서 참 많은 것을 주고 갑니다. 한 가지의 꽃이 피었다 지면 다른 꽃이 피고 지는 섭리, 지금 아카시아가 한창이지만 조금 있으면 밤꽃이 피어날 것입니다. 그런 자연은 내년에도 다시 찾아오겠지만 사람의 인생은 한 번 가면 돌아오지 못합니다.

얼마 전 고향 친구를 만나 지금이 행복하고, 내 생에 제일 좋은 때 같다고 했더니 잘 살아왔다더군요. 누구나 돌아보면 후회 없이 잘 살아왔다고 말할 수 있는 사람 몇이나 될까요. 늘 후회와 만족을 반복하며 사는 것이 삶이란 것을요. 그리고 살아오면서 만나는 인연만큼 힘들면서도 소중한 것도 없다는 것을 세월이 말해 줍니다. 부모님 인연으로 태어나 살았던 어린 시절과 결혼해서 가정을 이룬 남편과 인연, 또 태어난 자식과의 인연,

그리고 만나고 헤어진 인연들을 생각해 봅니다.

어릴 적 고향 방어산에 작은 절이 있어 1년에 두어 번 엄마 따라간 적이 있습니다. 오색단청이 무서워 법당에 들어가지 못했던 기억이 있습니다. 이십대는 절 주변만 돌았고 결혼 후 친구 손에 이끌려 용화사와 인연이 시작되었습니다. 어떤 일이든 억지로 되지 않듯 서서히 다가온 부처님 법은 삶의 의지였고, 활력소가 되기도 했습니다. 친구가 선물로 준 법정 스님의 산문집을 읽으며 스스로 깨우친 마음도 있었습니다.

그러던 중 용화사에 주지 스님이 새로 오시고 구체적으로 공부할 수 있는 시간이 주어졌습니다. 먼저 불교에 대한 기초교리 과정을 개강하였고 수료 후에는 수계와 법명을 주어 불자로서 살아갈 수 있도록 했습니다. 1기 졸업생으로서 수계식 때 감동스런 순간도 있었고, 이름이 예쁘지 않다고 법명은 예쁜 이름으로 받고 싶다고 말씀드렸던 일도 이제는 추억입니다.

스님은 합창단을 창단하고 법회 일정을 알리는 소식지도 발간했습니다. 처음 발간 때 사무장님과 의견 모아 만들라는 말씀에 1년만 하겠다고 약속드렸던 일이 70호까지 왔습니다. 능력에 맞지 않는 일이라 부담이 되었지만 기도하는 마음으로 여기까지 왔습니다.

처음에는 주지 스님이 법문 원고를 주었고 사제 스님들도 동참하였습니다. 신도님들은 신행 생활에서 느낀 마음을 글로 주었고 저는 매달 한 편씩 글을 실었습니다. 같이 만들었던 선행

심 사무장님은 눈빛으로도 서로를 알 수 있었습니다. 소식지에 부족한 마음을 내색하면 스님은 전문적인 인쇄소에 맡겨 좋은 모양과 내용으로 만들 수도 있지만 서투르고 부족해서 더 정이 가는 것이라 격려했습니다.

지난 시간을 돌아봅니다. 좋은 인연은 만들어 가는 것이라고 하셨던 법문을요. 『문학산책』 신인상으로 등단하고 보니 매달 용화풍경에 한 편씩 글을 써서 실었던 것이 밑거름이었던 것 같습니다. 글에 대한 지적보다 지켜봐 주신 시간이 있었기에 오늘의 기쁨도 있습니다.

스님은 상대방의 마음을 받고자 하는 것도 빚이 된다고 합니다. 우리는 주는 것보다 받는 것에 더 익숙해져 늘 상처받고 사는 것은 아닌지요. 참고 기다리지 못해 좋은 인연을 놓치고 사는 것은 아닌지 모릅니다. 글을 실을 수 있도록 지면을 준 것에 감사하고 부족한 글을 읽어 준 신도님들께도 감사드립니다. 게으른 마음이 일 때면 지혜롭게 살겠다고 발원했던 시간이 모여 명훈가피력을 받은 것 같습니다.

글을 쓰는 일은 창작이라 힘들고 외로운 길이지만 내가 선택한 일이기에 후회는 없습니다. 부모님이 주신 이름과, 스님께 받은 법명 진여성과 작품을 쓰면서 받은 시인이란 이름 모두가 소중한 것입니다. 많은 분의 축하와 덕담을 거울처럼 비춰보며 초심으로 돌아갑니다.

한곳에 머물지 않는 수행자의 길, 늘 미소를 잃지 않는 스님은 지리산 화엄사에서 수행하며 불자들에게 행복하게 사는 법의 향기를 계속 전하고 있습니다.

* 초암 덕문스님

인연의 나무 4*

그동안 틈틈이 써둔 수필을 묶으면서 인연이란 글을 쓴다. 만나고 헤어졌던 인연도 떠올리며 어려운 숙제 한 가지씩 풀어가는 것 같다. 문학의 길에 들어선 지 20년이 넘었다. 그동안 오래 남을 작품 한 편이라도 남겼는지 내게 반문을 하기도 한다.

습작 기간이 지나면서 슬며시 솟아오르던 일이 등단의 문이었다. 같이 공부했던 동료나 후배들이 등단의 문을 넘을 때마다 보일 수 없는 내 마음은 몸살을 앓아야 했다.

몇 번의 좌절 후에 등단의 문을 열어 주신 분이 정한용 선생이다. 사계절 중 봄을 좋아하지만, 그만큼 봄 앓이도 많이 했다. 그러던 2005년『문학산책』봄호 신인상 모집에 응모작품을 보내놓고 기다리다 잊고 있었는데 당선 소식을 듣게 되었다. 시인이자 평론가인 선생이 심사했다고 한다. 특강 때 멀리서 뵌 적이 있지만 뜻밖의 소식이었다.

「봄비」 외 2편으로 당선되었다는 소식을 들었을 때, 기쁨과 설렘보다 걱정이 앞섰던 기억이 있다. 그때 작품집에 실렸던 시 부분의 심사 소감을 읽어 본다. 세상의 이면을 곡진하게 바라보는 눈을 아직도 가지고 있는가를…

'응모작 중에서 많은 고민 끝에 나는 허말임의 「봄비」 외 작품을 당선작으로 밀기로 하였다. 작품의 소재와 시상의 전개가 평범하고 신선도는 떨어지지만 어조와 톤이 차분하고 주제를 확실하게 드러내는 힘이 있었다. 그리고 무엇보다 밤에 봄비 소리를 들으며 '생의 발끝에서 벗어둔 고무신만/ 섬돌 위에 가지런하다'고 표현한 것에서 보이는 바처럼 사물에 대한 따뜻하면서 예민한 시선이 잔잔한 감동을 건넨다. 삶을 깊게 바라볼 줄 아는 눈에 신뢰를 보낸다. 당선 축하와 정진하라'는 글귀를 보며 선생을 떠올린다.

그 후 행사 때 두어 번 뵙고 인사를 나눈 적 있었지만 오랜 시간이 지났다. 작품 속에 나왔던 시어머님도 먼 곳으로 떠나셨고, 기거했던 방의 흔적만 시댁 큰 조카가 지키고 있다. 소심한 내 성격은 선생께 감사한 마음은 갖고 있으면서 자주 연락은 하지 못했다. 작품으로 만나 작품을 쓰라고 등단의 문을 열어 주었던 그 뜻을 늘 마음속에 갖고 있다. 스승의 날이 다가오고 있다. 감사하고 고마운 분들에게 마음속에 꽃다발을 챙긴다.

2015년 4번째 시집을 출간하고 보내드린 후 7년이 흘렀다.

혹시 전화번호는 바뀌지 않았을까. 아니면 내 번호가 지워지지는 않았을까. 전화기 속으로 신호가 가슴을 뛰게 한다. 산행 중에 받았다는 변하지 않은 음성에 반가움이 밀려온다. 교직에 계셨기에 많은 제자가 있었을 것이다. 문학의 인연으로 알아봐 주는데 가슴이 뭉클하다. 퇴직 후 일상의 여유가 느껴지는 선생도 근래에 시집출간 소식도 함께 전하며 보내 주셨다.

살면서 얼굴 자주 보며 만나는 사람도 있고, 만나지는 않아도 늘 옆에 있는 것 같은 마음속의 인연도 있을 것이다. 선생은 내 마음속에 존재하며 작품 속에서 종종 만난다.

* 정한용 시인

인연의 나무 5[*]

오전이면 차 한 잔 들고 습관처럼 그곳의 문을 연다. 단체에 들어가 한 줄 메모장에 머물면, 따뜻하고 향기로운 소식도 있고 훈훈한 미담도 있다. 때로는 가슴 아픈 이별 소식을 접하게 되는 것도 내 삶의 한 부분이다.

그렇게 많은 일과 다수의 회원을 관리한다는 것은 쉬운 일이 아닌데도 의연히 하고 계신다. 그분은 「불교청소년문화진흥원」 사무총장이며 카페를 운영하는 곽영석 선생이다.

선생은 10년 전에 맺은 인연이다. 『마음에 틈이 있다』 시집으로 불교청소년 도서저작상을 수상했다. 그 인연으로 만났을 때 그분은 한 그루 나무였다. 시골 마을에 가면 초입에 수호신처럼 서 있는 아름드리 느티나무처럼 보였다. 잎을 피우고 그늘을 만들어 사람들에겐 쉼터가 되고, 마을을 지키던 어릴 적 고향의 나무로 와 닿았다.

　전생에도 사제지간으로 스쳐간 인연이었을 것만 같다. 힘든 일이 왔을 때마다, 마음으로 손을 잡아주셨다.

　시상식에서 뵈었을 때가 엊그제 같은데 벌써 많은 시간이 흘렀다. 처음 뵈었을 때 놀랐던 것은 몸도 보통 분보다 크고, 행사 때 만나면 자비의 마음으로 베푸는 점이다.

　불자로서 찬불가 작사를 하고 성가집을 만들고 무상으로 배부했다고 한다. 그 인연으로 내게도 찬불가와 찬불동요, 노랫말을 쓸 수 있도록 새로운 장르에 용기를 주셨다.

　글을 쓰면서 노랫말의 작사가는 나와 먼 얘기로만 들렸는데 한국음악저작권협회에 이름도 올리고 그동안 써온 노랫말도 등록하게 되었다. 처음 노랫말을 쓸 때 108편만 쓰면 좋겠다는 서원을 세웠는데 거의 이루어진 시간이 감사하다.

　'부산동요제'에 참석할 수 있는 인연도 알려 주셔서 몇 년째 참석하고 있다. 내가 쓴 노랫말에 아이들이 부르는 해맑은 얼굴과 고운 목소리는 동심으로 돌아가게 한다. 늘 바쁜 분이라 어쩌다 안부 전화 한 통화에도 좋은 기운을 주시는 선생이다. 작품의 끈을 놓지 못하게 하는 가르침을 주시며 '못하겠어요.' '잘 안 써져요.'라는 말은 이유가 되지 않는다고 한다. 노랫말 한 편이라도 여러 사람이 공감하고 오래 남을 수 있는 작품을 쓰라고 말씀하지만 쉽지 않다.

　살아가면서 좋은 만남만이 있는 것은 아니다. 불연으로 맺은 인연이고, 문학과 노랫말의 공감대가 같아서 더 소중하다. 선생은 많은 작품집을 냈다. 여러 장르를 넘나들며 글을 쓰는 것에, 나로서는 도저히 따라갈 수 없지만 본보기가 되어주어 행복하다.

세상은 인연으로 이루어져 있다고 한다. 선생의 많은 인연 중에 나도 한 사람인 것이다. 인성이 사라지고 인정도 메말라 가는 세상에서 마음공부까지 받을 수 있는 분이 가까이 있으니 내 복인가 보다.

* 곽영석 선생

관곡지에 가면

장마가 끝나고 나니 가만히 있어도 땀이 줄줄 흐릅니다. 이렇게 더운 날에 연꽃은 절정을 이루며 피어나지요. 습지에서 뿌리내리고 꽃 피우는 연꽃은 불교의 상징으로 먼저 떠오릅니다. 지금은 어느 산사나 습지에서는 연꽃이 잘도 핍니다. 먼 곳에 가지 않아도 연꽃을 볼 수 있는 곳이 있어 다녀왔습니다.

몇 년 전부터 시흥시는 십만 평 부지에 연꽃테마공원을 만들어 시흥도 알리고 마음의 여유를 주는 관광도 하게 하고 연뿌리를 판매하여 수입도 올린다고 합니다. 관곡지는 연꽃테마를 내세우기 전부터 연꽃과의 인연이 있었다고 합니다.

세조 9년에 우리나라 최초의 농학자인 강희맹 선생이 중추원 부사에서 진헌부사가 되어 중국 사신으로 갔다가 돌아오는 길에 전당지에서 연 씨를 가져와 심은 곳이 관곡지였으며 그 후

널리 알려졌다고 합니다. 세조 12년에 연성이라는 이름이 불렸다고 하는데 주변에 있는 연성초등학교 지명만 해도 무관하지 않은 것 같습니다.

작년에는 장맛비가 내리는 날 도반과 다녀온 적 있습니다. 평일이라 한가로움 속에 걸었고 비 오는 날의 운치는 연잎에 떨어집니다. 빗방울이 연잎 위에서 동글동글 보석처럼 빛나는 것을 보며 호젓함을 즐겼습니다. 습지마다 연꽃을 심어놓고 감상할 수 있게끔 만든 곳이 있지만 관곡지는 여러 종류의 연꽃을 볼 수 있도록 만들어 놓았습니다.

키를 넘는 연밭은 합장하듯 올라온 봉우리가 일심으로 모여 법회를 여는 것 같습니다. 구경 온 인파로 물결치고 카메라 셔터 누르는 소리가 여기저기서 꽃처럼 터집니다. 종류별로 심어놓은 꽃밭들 가시연, 어라연, 수련, 백련, 흰색 각시수련, 남개연꽃, 개연꽃, 물양귀비, 솜털이 보송보송한 노랑 어리연꽃, 흰색 어리연꽃 등. 이름을 다 외울 수 없을 만큼 피어 있습니다.

보이는 이에 따라 의미와 느낌이 다를 것인데 사진작가들이 모여 있는 곳은 작은 꽃이 피어있는 곳입니다. 가시연 앞을 지나가는 사람들은 여러 말을 합니다. 가시가 솟은 쪼글쪼글한 잎을 뚫고 올라오는 작은 꽃을 보니 사람의 몸과 마음을 가시연이 대신 말해 주는 것 같습니다. 가시는 다스려도 솟는 마음인 것 같고, 잎은 머물지 않는 늙음을 말하고, 꽃은 자비심으로 피어나라는 마음이듯 말입니다.

머물지 않는 젊음과 상대방을 찌르는 가시의 말과 살아가면서 그래도 나를 다스려 꽃을 피울 수밖에 없는 것을 말해 주는 것 같아 바라봅니다. 물양귀비와 작은 노랑어리연, 그보다 더 작은 흰색의 어리연꽃은 시선을 끌어당깁니다. 큰 꽃에 가려 보이지 않지만 눈여겨보니 고운 자태에 절로 미소가 나옵니다. 세상 낮은 곳에서 제자리 지키며 살아가는 사람처럼 보이는지요.

　부처님의 미소 같은 꽃, 한 곳에 물들지 않는 마음을 표현하며 진흙 속에서 뿌리내리고 물을 정화하며 자라는 연뿌리들 힘들어도 꿋꿋이 살아가라는 것 같습니다. 뿌리는 전생으로 꽃은 현생으로 열매는 다음 생으로 연결해서 말하는 연꽃의 상징은 많은 것을 생각하게 합니다. 모든 부분이 식용과 약재로 쓰인다니 버릴 게 없는 연꽃이 뜨거운 여름에 나를 피우고 있습니다.

　사람들을 피해 한적한 곳을 걸으며 카메라에 꽃을 담고 마음에도 담습니다. 보는 것만으로 극락인 수많은 연꽃을 보면서 무더운 여름을 이길 수 있는 법문 같은 향기까지 안아봅니다.

손끝에서 피어나는 연등

　신록으로 가는 오월은 활짝 핀 영산홍과 철쭉의 축제다. 새순으로 나온 여린 잎들이 아이처럼 손짓하는 용화사 앞 도로변에도 연등이 달려있고 뜰에는 색색의 철쭉이 피어 극락으로 발길 머물게 한다.

　부처님의 정법은 자비행을 실천하고 지혜를 배우게 하는 곳이다. 절에 도착하니 벌써 미륵전에는 연등을 만드는 손길들이 분주하다. 동참해서 만드는 노 보살님부터 젊은 보살님, 손에는 꽃잎의 색들이 물들어도 얼굴들은 연꽃처럼 환하다. 사시예불에 맞춰 대웅전에도 관음전에도 연등을 만드는 미륵전에도 스님의 독경소리는 마음을 편안하게 한다.

　끝을 오므려 꽃잎을 만들고 살대를 끼워 초배지를 바르고 여러 번의 손을 거쳐야 완성이 된다. 스님은 연등을 만드는 과정에서 벌써 마음의 불이 켜져 있다고 말씀하신다. 부처님 오신 날을 맞아 봉축하는 뜻으로 연등을 만들고 공양 올리고 불을 켜지만 하루가 아닌 1년 내내 꺼지지 않는 마음의 불을 켜라고 축원하는 마음을 받는 것도 큰 행복이 아닐까.

절의 일은 절로 이루어진다고 보살님들은 말하지만 연등 만드는 일에 동참하며 울력이란 큰 힘을 생각하게 한다. 여러 사람이 동참해서 하는 일은 수월하기 때문이다. 꽃잎에 풀칠하며 온몸이 뻐근해져 오지만 부처님 도량에 올 수 있고 작은 힘이지만 할 수 있다는 것만으로도 큰 복이라는 보살님들 말씀에 지혜를 배운다.

법회 시간은 엄숙하고 경건한 마음의 분위기지만 연등 작업을 할 때만은 이야기도 나눌 수 있어 웃음으로 피로를 풀기도 한다. 화기애애한 분위기 속에 말없이 우리들의 이야기를 들어주시는 미륵전은 편안해서 그런지 늘 참배객의 발길이 이어지고 있으니 말이다. 법당을 둘러보시는 주지 스님의 환한 모습도 보이지 않는 힘이다.

해마다 연등 만드는 일에 동참하던 어른 보살님들이 몸이 불편해서 보이지 않는 경우도 있다. 세월의 힘은 이기지 못하는 것이 인생이라고 한다. 하지만 오랫동안 정들었던 분들이라 서운하고 안타까운 마음이 앞선다. 스님의 말씀처럼 순간순간 마음 놓치지 않고 잘사는 것이 행복이라는 말을 고이 끌어안는다.

연등 만드는 일에 동참하면서 순간은 힘들어도 완성된 것을 보면 뿌듯하다. 모든 분의 행복이 등불로 항상 켜져 있기를 기원하며 손끝에 물든 흔적을 바라본다.

세 가지 인연

천 개의 손과 눈으로 중생을 보살핀다는 관음재일, 정락 큰 스님의 법문을 듣습니다. 주제는 복과 인연으로 스님은 살면서 제일 큰 복이 좋은 인연 만나는 것이라고 하십니다.

크게 세 가지로 부모와 자식 간의 인연이 있고, 다음은 스승과 인연, 이웃을 잘 만나는 인연입니다. 부부의 인연으로 만나 사는 것은 서로 갚으며 살아가는데, 태어난 자식은 평생 갚아야 할 빚이라 합니다. 예를 들어 자식 열 명이 태어났으면 아홉은 받으러 온 것이고 그중 한 명마저 갚을까 말까 하는 것이 자식과의 인연이니 부모는 마지막 먼 길 떠날 때까지도 걱정을 안고 떠난다고 합니다.

좋은 이웃을 만나는 것도 큰 복이라 합니다. 속담에 사촌이 땅을 사면 배가 아프다는 말이 있듯이, 남이 아닌 친척인데도 그러니 남이야 오죽하겠느냐는 뜻이겠지요. 그 말은 나보다 잘 사는 것을 보면 마음이 편치 않다는 것에 비유일 것입니다. 이웃을 잘 만나는 것은 잘사는 것을 떠나 서로 해를 당하지도 않고 원수질 일이 없으니, 그 또한 큰 복이라고 하십니다.

자식을 키우다 보면 서로 뜻이 잘 맞아 좋은 기운을 주고받는 행복한 가정이 있는가 하면, 평생 지고 가야 할 힘든 인연도 있다고 합니다. 세상은 변해가고, 변해가고 있는 만큼 어머니들도 예전의 어머니들이 아니라고 합니다. 예전에는 힘들어도 자식을 위해 절에서 기도하든지, 아니면 집에서 정한수 떠 놓고 내 행업이고 잘못이니 참회하면서 어머니 자리를 지켰는데, 요즘은 내 업 소멸보다 저놈이 어째 내 속에서 나왔는지 하면서 덕담보다 악담도 한다는 것입니다.

불행은 불행을 만드는 씨앗이니 서로가 좋은 인연으로 만나지 못해도 만들어 가는 과정을 거치는 것이 기도라고 하셨습니다. 나만 내 가정만 행복하게 해달라는 것보다, 모든 사람이 다 행복하게 해 달라고 발원하라는 것은 내 가정의 불행이 사회로 나가지 않도록 하라는 뜻으로 이웃을 잘 만날 수 있는 씨앗이란 것이었습니다.

매월 관음재일이면 용화사에 와서 지루하지 않게 법문으로 지혜를 알려 주시는 스님, 좋은 스승을 만난 용화사 가족들은 복이 많은 것 같습니다. 아무리 힘들어도 부모님 모시는 일은 끝이 보이고, 자식의 일은 끝이 없다는 인연의 이야기가 정답인 것을 알려주는 백중기도, 부모님의 위패가 모셔져 있는 영단을 보면서 참회합니다.

그리고 행복은 내게 주어진 업을 거부하지 않고 참회하며 더 나은 생을 위해 발원할 때 온다는 것을 알려주셨습니다. 열반에 드셨어도 법의 향기는 아직도 남아있습니다.

* 열반에 드신 정락 큰스님

더 늦기 전에

　책상에 앉아서 사진 한 장을 들여다본다. 그 속에는 행복했던 순간들이 담겨 있다. 모두가 환한 정토회 회원들이다. 도반들 속에서 찍힌 내 모습도 편안한데 한 달이 지난 지금은 또 다른 걱정 속에 살고 있다. 거울을 본다. 아무리 여러 표정을 지어보아도 왜 그때처럼 그런 모습이 나오지 않는 걸까.

　지난 오월 봉축행사를 마치고 곧바로 성지순례길에 올랐다. 회원만의 성지순례는 여유로움 속에 행복 찾기다. 해마다 연례행사로 여러 사찰을 찾아 다녀왔지만 동참하지 못한 분들이 많아 버스 안이 텅 빈 것만 같았다.

　하루 일정으로 가까운 곳을 다녀오곤 했는데 이번에는 어른 보살님께서 걸음을 걸을 수 있을 때, 먼 곳에 있는 절을 다녀오고 싶다는 의견이 있었다. 그래서 정한 곳은 전남지역의 해남에 있는 미황사와 강진의 백련사였다. 회장님으로부터 소식을 듣는 순간 천년의 세월을 의연히 품고 있는 절 마당에 법 향기가 와락 안겨 올 것만 같았다.

더 늦기 전에 잡은 일정은 두 가지의 이유가 되기도 했다. 이른 아침에 출발하고 늦게 도착한다고 하니, 건강이 걱정되어 함께 하지 못한 보살님도 계셨고 더 늦기 전에 다녀와야겠다고 용기 내어 오신 보살님도 계셨다. 나 역시 미황사와 백련사는 처음 가는 절이기도 했다.

다 함께하지 못한 아쉬움을 안고 먼저 참배했던 달마산 미황사는 고즈넉하기만 했다. 오월의 신록과 햇살 속에 눈이 부셔 바라본 대웅전은 단청하지 않아 더 고풍스러웠다. 법당은 한세월을 지켜내기 위해 내부 공사 중이라 들어가 보지 못하고 기둥만 만져보았다. 손끝으로 전해오는 나뭇결마다 그곳을 지켜온 스님의 기도가 스며있는 것 같았다

내려와서 공양 후에는 강진 만덕산에 있는 백련사를 향해 달렸다. 주차장에 내려 올라가는 길은 포장하지 않아 천천히 걸으며 마음의 여유를 찾았다. 그 유명하다는 동백꽃은 져 버렸지만 그래도 먼 길 달려온 회원들의 아쉬움을 달래주듯 푸른 잎 속에 남아 있던 한두 송이의 동백꽃이 애잔한 미소로 반겨 주었다.

법당 참배 후는 자유 시간이 주어졌다. 나는 도반들과 형님들 사이에서 108배를 올렸다. 언제 올 수 있을지 모르는 소중함을 알기에 더욱 정성을 다했다. 그리고 법당에서 보이는 바다는 넓

은 마음을 안겨 주었다.

　오늘의 화두를 생각해 본다. 더 늦기 전에 해야 할 일들이 떠오른다. 앞서 살아가시는 어른들의 말씀이 다 나를 키우는 이야기일지도 모른다. 더 늦기 전에 해야 할 일들이 얼마나 많은가. 게으름 피울 시간도 없이 빠르게 지나가는 것이 우리 인생인데 돌아서면 일상은 게으름과 살아간다.

　그래도 지난 시간을 돌아보면 더 늦기 전에 불법을 만난 일과, 마음 나눌 수 있는 도반을 만난 것이 내 생의 큰 선물이었다.

염주 소리에 젖었던 봄날

마음에 바람이 불면 혼자만의 여행길에 나선다. 그런 날 친정 아버지 기일과 맞닿아 고속버스를 탔다. 출발 직전에 예매한 자리는 뒤쪽이었고, 자리에 앉았을 때 스님 한 분이 마지막 자리인 내 뒤에 앉으셨다.

나만의 특별한 향수가 있는 강남고속버스터미널을 자주 이용하고 있다. 고향 가는 버스를 타고 다닌지 오랜 세월인데 스님과 한 버스에 탄 것은 처음이었다. 내가 다니는 절에서 스님을 만났을 때처럼 반가움은 앞서는데 공공장소라 그런지 조심스러워 다가서지 못하고 눈인사만 건네며 합장했다.

요즘은 버스 전용차선도 생겨 예전보다 빨리 달리는데도 도착할 때까지 네 시간이 넘는 거리는 지루하다. 버스를 타면 습관적으로 무사히 도착하도록 마음을 모으곤 했는데 스님이 계시니 의지가 되었다.

　정원을 채운 버스는 출발하고 그때부터 차락차락 들릴 듯 말 듯 염주 돌리는 소리가 들려왔다. 한껏 부푼 창밖의 봄날 풍경은 남쪽으로 내려갈수록 꽃들이 만개하고 들녘은 연둣빛 향연이 펼쳐진다. 스님이 돌리는 백팔 염주 소리는 도착 때까지 이어졌다. 당신의 기도보다 기사님의 안전운행과 여러 사람을 위한 마음으로 기도했을 것만 같았다. 염주 한 알 한 알마다 마음이 편안해지고 등 뒤에서 주는 맑은 기운은 꽃이 되어 내 안에서 피어났다.

　들녘에는 스님 모습 닮은 꽃들이 피고 있었다. 회색빛 승복에서 만개하는 수행의 향기가 봄꽃인 매화꽃이었다. 목적지는 달라도 터미널에 내린 스님의 바랑을 메고 걸어가는 뒷모습에 합장으로 인사를 했다. 휴게소에 들렀을 때 스님께 드리고 싶어 음료수 두 병을 사서 줄을 섰는데, 벌써 당신 것을 계산하고 있었다.

　홀로 가는 수행자의 그 길, 외롭게 보이기보다 당당하고 아름다웠던 비구니 스님이었다. 내면에서 풍겨 나오는 저 모습이 나오기까지 얼마나 많은 수행과 마음공부를 했을까. 스님이 걸어가는 길을 바라보며 다음 생에 태어날 수 있다면 수행자로 걷고 싶었다. 현생에 닦아 놓은 공덕도 없으면서 욕심만 일어나는 봄날이었다.

환한 모습으로

　돌아보면 지난 시간들이 아득하다. 아무것도 모르고 따라다 녔던 정토회원들과 성지순례 길. 그러나 세월은 많은 것을 변하게 했다. 예전에는 그분들 걸음이 얼마나 빠르신지 나는 뛰어가다시피 다녔는데 이제는 내 무릎도 쉬어가라고 적신호를 보내고 있다.

　그분들과의 인연은 어떤 것인지 가끔 생각에 젖기도 한다. 그리고 다른 사람들은 습관이라고 하는데, 나는 이른 아침에 출발하는 성지순례는 힘이 들어 많이 포기했었다. 이번에도 예외 없이 늦잠을 잔 탓에 동동거리다 겨우 시간에 맞춰 동참할 수 있었다.

　잠시 후 회원을 태운 버스가 시내를 벗어나고 회장님의 인사말과 스님의 덕담이 있다. 회원을 소개할 때에는 그동안 잊고 있었던 보살님들의 이름과 불명을 불러서 한바탕 웃음이 일기도 했다. 늦봄과 초여름 사이에 있는 오월의 창밖 풍경은 연둣빛 축제다. 화려한 봄꽃들이 지고 여름에 많이 피는 흰 꽃들이 마음을 편안하게 한다. 들녘에는 작은 풀꽃들이 그 자리를 지키고 있는 풍경은 시간이 멈춘 것 같은 평화로운 그림들이다.

회장님은 인터넷을 통해 그동안 쉽게 가볼 수 없었던 곳을 찾아냈다고 한다. 청량사와 각화사 축서사다. 인연이 되어 다녀온 분들도 있었지만 나는 초행길이다. 먼저 도착한 곳은 청량사다. 준비한 공양물도 있고 걸음이 불편한 보살님 몇 분이 있어 청량사의 작은 차로 올라오기로 하고 나머지 회원은 길을 따라 걷는다.

극락처럼 안내하는 길가에 연등이 꽃처럼 달려있다. 부처님 오신 날의 여운이 아직 남아있는 숲속, 그 길가에는 야생화들과 맑은 계곡물이 반긴다. 이 길을 언제 올라갈지 모른다는 노보살님의 한 걸음 한 걸음이 신심이었다. 가파른 길을 올라와서 법당에 참배하고 절 마당을 걸어본다. 예전에는 기도가 먼저라 마음이 급했는데 지금은 조롱박에 약수를 떠서 음미하는 여유를 즐긴다. 언제 올 수 있을지 기약 없기에 순간들이 소중하다.

좋은 것이 너무 많아 가슴에 한 가지만 담는다. 대웅전 옆 다기를 버리는 곳이다. 기와로 꾸며져서 소박하다. 버리는 곳이 이렇게 아름다울 수가 있구나. 단순히 부처님 전에 올렸던 다기를 버리는 곳이 아니라 내 욕심을 천천히 버리는 곳이었다. 두 번째로 각화사다. 화려하지 않은 자연 그대로다. 선원이라 공양물을 판매하지 않는다. 관광지도 아니고 찾는 이가 없어 항상 공양물이 필요하다고 했다. 그곳에 사는 처사님의 말을 듣고 그 자리에서 마음을 모아 전한다. 선원이라 스님들께 방해될까 봐 조심조심 걸었던 절 마당 대나무 담장과 문이 인상적이다. 스님들의 곧은 마음이 대나무처럼 비어 있어도 꽉 찬 수행이 푸르게 지켜질 것만 같았다.

마지막으로 들른 축서사는 저 멀리 보이는 문수산 나무들이 온 산을 연두색 카펫으로 깔아놓은 것 같다. 저렇게 높은 산 아래 터 잡은 절은 웅장하면서도 아늑하다. 그곳에 사는 분들의 손길이 지나간 곳은 깨끗하게 가꾸어져 있다. 그리고 대웅전의 꽃살문은 사계절 내내 피어있는 연꽃 문양이다. 욕심에 물들지 않는 천 년의 시간과 마주한 하루, 내 마음에 빗질을 해 보았다.

회원만의 성지순례는 가족 같은 분위기인데, 일찍 일어나기 힘들다고 게으름을 피웠다면 추억이 없었을 것이다. 마지막 축서사에서 기념으로 찍은 사진 속에는 환한 내 모습이 있다. 청정한 곳에서 받은 맑은 기운이 아직도 전해오는 것 같다. 그 모습으로 오래 머물 수는 없을까.

허 말 임 수필집

방어산 홀잎나물

초판발행 2022년 3월 11일

지 은 이 허말임
펴 낸 이 배준석
펴 낸 곳 문학산책사

등   록 제3842006000002호
주   소 ㉾14021
          경기도 안양시 만안구 병목안로 81 성원Ⓐ 103-1205
전   화 (031)441-3337 / 010-5437-8303
홈페이지 http://cafe.daum.net/munsan1996
이 메 일 beajsuk@daum.net
제 작 처 시지시 (전화 : 0505-552-2222)

값 10,000원

ⓒ 허말임, 2022

ISBN 978-89-92102-93-3 03810